人间喜剧

陈彦　著作

穆涛　选编

中国出版集团
中译出版社

图书在版编目（CIP）数据

人间喜剧 / 陈彦著；穆涛选编. -- 北京：中译出版社，2021.6
（文学里的中国·当代经典书系）
ISBN 978-7-5001-6639-9

Ⅰ. ①人… Ⅱ. ①陈… ②穆… Ⅲ. ①中国文学—当代文学—作品综合集 Ⅳ. ①I217.2

中国版本图书馆CIP数据核字(2021)第069973号

出版发行 / 中译出版社
地　　址 / 北京市西城区车公庄大街甲4号物华大厦6层
电　　话 /（010）68359303，68359827（发行部），68358224（编辑部）
邮　　编 / 100044
传　　真 /（010）68357870
电子邮箱 / book@ctph.com.cn
网　　址 / http://www.ctph.com.cn

出 版 人 / 乔卫兵
总 策 划 / 张高里　刘永淳
特邀策划 / 王红旗
策划编辑 / 范　伟　张孟桥
责任编辑 / 范　伟　张孟桥
文字编辑 / 张若琳　吕百灵　孙莳麦
营销编辑 / 曾　頔　郑　南
封面设计 / 柒拾叁号工作室

排　　版 / 柒拾叁号工作室
印　　刷 / 北京顶佳世纪印刷有限公司
经　　销 / 新华书店

规　　格 / 787mm × 1092mm　1/32
印　　张 / 9.5
字　　数 / 150千字
版　　次 / 2021年6月第一版
印　　次 / 2021年6月第一次

ISBN 978-7-5001-6639-9　　定价：49.00元

作者
陈彦

男，1963 年出生，陕西镇安人，一级编剧，中国作家协会会员。享受国务院特殊津贴专家，文化部优秀专家，全国宣传文化系统“四个一批人才”。

创作有《迟开的玫瑰》《大树西迁》《西京故事》等戏剧作品数十部，三次获曹禺戏剧文学奖，文华编剧奖，三度入选国家舞台艺术精品工程·十大精品剧目。创作电视剧《大树小树》获电视剧飞天奖，多次获全国五个一工程奖，首届中华艺文奖获得者。出版长篇小说《西京故事》《装台》《主角》。其中《装台》获 2015 中国好书文学艺术类第一名，获首届吴承恩长篇小说奖。《主角》获第三届施耐庵长篇小说奖。散文随笔集有《必须抵达》《边走边看》《坚挺的表达》，以及《陈彦剧作选》等。2019 年 8 月 16 日，凭借作品《主角》获得第十届茅盾文学奖。2019 年 9 月 23 日，陈彦长篇小说《装台》入选“新中国 70 年 70 部长篇小说典藏”。

选编者

穆涛

《美文》杂志常务副主编。西北大学教授，博士研究生导师。陕西省文艺评论家协会副主席，中国作家协会散文专委会委员。作品《先前的风气》获第六届鲁迅文学奖和2014年中国好书。2017年获全国五一劳动奖章。

目录

导言

穆涛

三十多年前，在被称为“终南奥区”的陕西省镇安县，时年十七岁的陈彦在文学刊物《工人文艺》上发表了他的第一篇作品。那是一篇短篇小说，如今已经很难看到，但这篇小说和此后不久在省报文艺副刊发表的散文，极大地激发出热爱文学的陈彦的创作激情。在此前后，因偶然的机缘他还创作了一部戏剧作品。这便是他的戏剧处女作《她在他们中间》，写的是一位年轻女教师和几名中学生的故事。该剧当时参加省里主办的学校剧的比赛，获得了二等奖。这部作品的创作完成和获奖，对陈彦可谓有极大的意义——他此后二十余年“主攻”现代戏创作，其无疑是一个重要的开端。尔后，他几乎没有再写过小说，而是把主要精力投入现代戏的创作中，其作品《丑家的头等大事》《沉重生活进行曲》《霜叶红于二月花》等，进一步为他赢得戏剧创作较大的声名。这一时期他的作品，不仅继承了现代戏的基本特征，而且密切关注紧迫的现实问题，力图回应复杂的现实生活和精神的疑难。也正因此，《沉重生活进行曲》对具体的现实问题的超前思考，在得到一部分专家和观众的高度赞誉的同时，更引发了不同程度的争议。争议之于陈彦的影响有二：一是这部其时影响极大的作品不能前往省城调演；二是作品不能调演，它的作者却可以调到省城。对陈彦而言，这可谓是生活和创作中的一件至关重要，也影响深远的重大事件。时在 1990 年，陈彦二十七岁。

陈彦即将调入的单位，是陕西省戏曲研究院。其前身可追溯至 1938 年成立于延安的“民众剧团”。“民众剧团”诞生在国家民族面临贞元之会、绝续之交的重要历史关头，其创生本身，便与其时宏大的历史语境有着根本的、内在的联系。“民众剧团”后来历经多次调整，成为陕西秦腔的最高学府——陕西省戏曲研究院。陕西省戏曲研究院有着极为悠久的历史和深厚的传统。这种传统，也在多个方面影响着陈彦现代戏创作的思想和艺术特征。初到陕西省戏曲研究院的数年间，陈彦创作了《九岩凤》《留下真情》等作品。这些作品仍然是密切关注具体的、紧迫的现实问题，以艺术虚构作品的形式，发挥文艺作品的经世功能和现实意义。甫一演出便引发了广泛的赞誉。但真正给陈彦赢得巨大声誉的，是他的现代戏代表作，也就是被称为“西京三部曲”的《迟开的玫瑰》《大树西迁》和《西京故事》。

《迟开的玫瑰》塑造了为家庭而牺牲个人追求的乔雪梅的形象。陈彦将乔雪梅放置于作品所敞开的极端的境况之中，使得她必须面对个人人生的重要选择——是去读大学，实现个人的理想，还是放弃个人的追求，去承担身为子女的家庭责任。乔雪梅的选择看似简单，实则涉及 20 世纪 90 年代宏大的现实和精神选择问题。是以实现个人价值为人生的基本目标，还是将个人投入家庭甚至社会之中，以实现另一种人生价值，这种两难的生命境地显然有着 20 世纪 90 年代重要的时代特征。乔雪梅这一形象获得的较大影响，很大程度上就是她触及了普通人命运的具体的问题，且提供了极有价值的思考和回答。如果说乔雪梅作为身处底层的普通人物，她的生活不能自主的话，作为高级知识分子，如孟冰茜、苏毅等人物的人生价值又当如何实现？这是陈彦《大树西迁》所要处理的重要问题。因西安交通大学的邀约，陈彦为创作一部表现交大西迁故事的电视剧，而奔波于上海、西安两地，在充分掌握关于交大西迁的历史材料之后，陈彦深感因种种现实原因，电视剧很难写成，但手头掌握的丰富的素材，倒是可以创作一部现代戏。这便是初名为《西部风景》，后定名为《大树西迁》的现代戏。这部作品塑造了苏毅这样一位经典的知识分子形象。他具有极为浓重的家国情怀、责任意识和牺牲精神，为了支援西北，西迁到西安，克服种种困难，甘愿自我牺牲。他的精神也感染到了他的儿子苏小眠，在大学毕业后，毅然决然地选择前往新疆，将自己的精力投入国家的科研事业中去，借此获得个人价值的充分实现。他的孙子最后也秉承这一精神，放弃留在大上海，去祖父工作过的大西北支教。他们的精神追求和人生选择，无疑有着极为鲜明的时代意义。知识分子的家国情怀和责任意识，也得到了极为充分的表达。

几乎在《大树西迁》演出并受到广泛好评的同时，陈彦将目光投向了普通的劳动者，他们的生活遭际，他们的命运和精神追求，成为他《西京故事》书写的核心内容。那时陈彦身在的陕西省戏曲研究院旁边，有一个自发的劳务市场。在那里，从事不同工种的务工人员散在各处，等待着工作机会的来临。他们的生活，让陈彦有了思考和表现这一类人物命运的动念。为更为充分地了解他们的生活，陈彦特意选择西安城最具影响的两大城中村——木塔寨和八里村，进行深入的调查、走访。由此获得的生活材料，为他创作现代戏《西京故事》奠定了极为坚实的基础。《西京故事》的主角，是前往西京城“寻梦”的罗天福一家。以罗天福与其子女罗甲秀、罗甲成最为典型。曾做过民办教师和村领导的罗天福，因儿子罗甲成继女儿罗甲秀之后考上了省城里的重点大学而来到西京城打工。他们居住在有着悠久历史的文庙村，开始了他们新的生活。孰料在此过程中，他们面临着种种困难，既有现实生活的，也有精神上的挫折和疑难。但即便面临种种困难，罗天福仍然坚信以诚实劳动安身立命之于家庭和个人的重要意义。他教育子女要活得光明正大，有自我的尊严感。在他的言传身教下，罗甲秀、罗甲成精神逐渐成长起来。这部在城乡二元结构的视野下，试图自总体性意义上回应现实的精神疑难的作品，具有新世纪第二个十年的典范意义。在此期间，陈彦还坚持散文和诗歌（歌词）创作，先后以《陈彦词作选》《边走边看》《打开的河流》为名结集出版，呈现的是陈彦的另一种创作状态。不仅如此，他还应邀为《美文》开设系统梳理秦腔起源、流变，重要剧作家、著名演员，以及经典剧作的专栏“说戏”。该专栏文章后来以《坚挺的表达》和《说秦腔》为名出版，引发极为广泛的影响，成为更为深入地理解《装台》《主角》等涉及舞台上下生活状态的长篇小说，必不可少的参考文献。

如陈彦后来反复论及，他的创作，一方面赓续传统，另一方面则将眼光投向日新月异的当下现实。在他的作品中生活之丰富，人物之鲜活，皆教人过目难忘。他的“西京三部曲”奠定了其密切关注紧迫现实问题的基础。在时代精神的整体视域回应现实的精神疑难，塑造具有典范意义的新的人物形象，以及坚持和发展雅正的现实主义传统，成为其创作的重要特征。他的作品先后获得中国戏剧界的诸多奖项。如三次获“曹禺戏剧文学奖”“文华编剧奖”，作品三度入选国家舞台艺术精品工程“十大精品剧目”等，充分说明其作品的时代价值和社会影响力。

也是机缘巧合，由于当时为现代戏《西京故事》创作所准备的丰富素材，未能全部发挥作用，陈彦动念写作一部长篇小说，以把围绕城乡二元结构以及其所引发的复杂生活来一次混沌的挟裹。这便是同名长篇小说《西京故事》的缘起。这部作品在新的历史语境下所触及的人物命运问题，具有新世纪以来现实主义的典范性。陈彦以复调的笔法，书写罗天福、罗甲秀、罗甲成、东方雨、西门锁等人物的生活观念和价值追求，充分表达了他对时代精神问题的深切关注。《西京故事》之后，陈彦首次以身在陕西省戏曲研究院数十年的生活经验，书写装台人生活和命运状态的长篇小说《装台》，塑造了刁顺子这个极具典型性的艺术形象。他能吃苦、肯背亏，从事比较艰辛的工作，内心却具有正大庄严的气象。陈彦极为充分地书写他的工作和家庭的矛盾，写他在种种矛盾此消彼长、此起彼伏的状态中，承担自身之于家庭、同事和社会的责任伦理。尤其值得注意的是，作品有意赓续中国古典传统，在多重意义上拓展了小说的艺术表现力。如刁顺子所面临的生活矛盾的同义反复，类似中国古典作品的“循环观念”。而其中戏与人生的相互对照，则使得作品的意蕴更为丰富。李敬泽认为“该作是创造性转换中国古典小说传统的重要作品。其所敞开的，是一个盛大的‘人间’”。生活在其中的人物上百，各有眉目声口，呈现着烟火人间个人的价值坚守和人生况味。在“广博和深入的当下经验中回应着古典小说传统中的至高主题：色与空——心与物、欲望与良知、强与弱、爱与为爱所役、成功和失败、责任与义务、万千牵绊与一意孤行……”是为古典小说艺术境界“再生”之重要路径。《装台》虽属陈彦的第二部长篇小说，但一出版就引发广泛热议。先后获 2015 年度中国好书，首届吴承恩长篇小说奖等。

迄今为止，陈彦最具代表性的长篇小说当数《主角》。这部作品的出版及其所引发的广泛的赞誉，使得陈彦成为当代文学“现象级”意义的重要作家。在为该书所写的评论文章中，吴义勤先生开篇即言，如果要问当代文学近年来最大的发现是谁，他会毫不犹豫地首推陈彦。《主角》以戏曲演员忆秦娥近五十年的成长史为主线，广泛涉及改革开放四十年中国社会的历史巨变。忆秦娥的命运不仅与社会核心主题的转换相通，也与其所研习的秦腔的命运互为表里。陈彦有着极大的写作雄心，希望以戏曲演员及剧团身在大历史中的转变为基础，写出时代现实和精神转变的宏阔面向。不仅如此，陈彦在赓续中国古典思想和审美传统上亦有较大突破。忆秦娥四十余年的生活和精神历程，既不乏佛禅意趣的启示，亦与道家精神尤其是庄子的艺术观念内在相通，而她虽数番面临“死生之境”，身处无可如何之时，仍然秉有根本的精进的力量。在作品结尾处，她“退出”省秦舞台，回归“民间”的重要转向，亦有极为丰富的历史和现实意义，表明陈彦对人与历史和现实关系的深入、透辟的思考和艺术化的独到处理。这部作品成为当代文学既扎根现实主义传统，也吸纳中国古典思想和审美经验的典范作品。

2019 年 8 月，《主角》获得第十届茅盾文学奖。在获奖演说中陈彦明确表示，陕西悠久的历史文化底蕴，以及丰富的现实主义文学传统影响，成就了他的创作。而茅盾文学奖的授奖词，也是对他这方面的成就的高度肯定：“在《主角》中，一个秦腔艺人近半个世纪际遇映照着广阔的社会现实,众多鲜明生动的人物会合为声音与命运的戏剧，尽显大时代的鸢飞鱼跃与中华民族自强不息的精神品格。陈彦赓续古典叙事传统和现实主义文学传统，立主干而擅铺陈，于大喜大悲、百转千回中显示了他对民间生活、精神和美学的精湛把握。”得益于戏曲现代戏创作的基本传统，陈彦的写作形成了以下重要特点：以扎实细密的现实书写，充分展现时代社会生活的复杂面向。他对生活深入、透彻的了解，对鲜活的人物的细腻刻画，皆得益于其丰富的生活和生命经验。这也充分说明生活是创作的唯一源泉的说法之于文学艺术创作的重要意义。他自然也写生活的困难，写人物需要面对的生活的艰辛，但他仍然努力在否定中生出肯定性的力量，在艰难的生活世界中书写可以烛照精神的希望之光。他力图表明无论现实生活世界有着何样的苦难，生活终究得过下去，这是其作品不可替代的核心要义。

塑造秉有新的时代精神的新的人物形象，以具有典范意义的虚拟人物的生活际遇，来指称更多人的命运，为其创作的又一重要特征。无论罗天福、罗甲秀、罗甲成、刁顺子、蔡素芬，还是忆秦娥、胡三元，各有其爱憎，有其在生活中的不得已处，即便他们置身其中的生活世界困难重重，他们依然秉有精神的向上力量。是为“天行健，君子以自强不息”精神的真实写照，也是民族精神生生不息的力量所在。最后，在赓续现实主义文学传统的同时，努力完成中国古典思想和审美表达方式，其创造性转换和创新性发展以拓展作品的艺术表现力，更是陈彦创作的重要特征。《装台》《主角》中皆有极具意味的古典意象，有着得自古典思想的世界观念和生活观念。这些观念和意象，成就作品复杂的思想和独特的艺术特征。也从另一侧面说明，有效完成古今中西的融会贯通，乃是拓展当代文学思想和艺术表现力的重要路径。

2020 年的 9 月、10 月，陈彦的最新长篇小说杀青。这一部小说同样写的是他所熟悉的舞台内外的生活。不同于《主角》偏重“正剧”（正中也略微含悲），新作塑造的是一家两代喜剧演员的百味人生，是以喜剧笔法写就的喜剧故事。初拟名为《人像》《喜剧坊》，也一度更名为《人间喜剧》，最后则定为更具概括力的《喜剧》。但《人间喜剧》这个题目，如同可以总括巴尔扎克的小说一般，也可以总括陈彦的作品。无论他写山乡人物、知识分子，还是围绕舞台生活的生命故事，其实都是在写身处天地之间的人之命运，是在写人的喜怒哀乐、悲欢离合、兴衰际遇。而这些，正是“人间喜剧”的主要内容，也是你我生活和生命无从逃遁、莫之能御的基本状况。陈彦经由对这些人物命运遭际的倾心书写，也写下了与他们在根本意义上相通的、更多人的命运。而他的作品，无论现代戏还是小说，共同构成了一部波澜壮阔、意义丰富、维度多端的《人间喜剧》。

陈彦创作谈：

《西京故事》写的是进城的农民工的生活和生命境况。面对城市的光怪陆离，杂色诱惑，以及生存条件的天壤之别，他们内心的焦灼、不平、痛苦，甚至扭曲是什么？城市化进程其实也就是中国梦寐以求的现代化进程，而由历史形成的已经固化的“城乡二元结构”矛盾，已在大规模城市化推进中，日益深刻地凸显出来。《西京故事》就是在这种大背景下展开的一群小人物的故事叙述。从个体来讲，他们可能活得很卑微，但这个群体，正肩负着最沉重的历史闸门，以血和泪的浇铸，把中国现代化建设抬向曙光。我想给他们立传，这就是我的发言动机。

戏剧

西京故事

第一场

［西京，一个既古老而又现代的大都市。

［故事发生在一个叫文庙巷的大杂院内。整个院子是由一个废弃的厂房改建而成，高高低低、上上下下住了数十位农民工和各色人等，总体空间十分拥挤，生活忙乱躁动。

［一棵老唐槐，饱经沧桑地挺立在院中，庞大的树冠都用各种支架撑持着，葳蕤苍劲，如诗如画。

［唐槐背后的古建筑群和摩天大楼依稀可见。

[慷慨激昂的秦腔黑头演唱声传来：

我大，我爷，我老爷，我老老爷就是这一唱，

慷慨激昂，还有点苍凉。

不管日子过得顺当还是恓惶，

这一股气力从来就没塌过腔。

[黄昏时分，房客们正陆续归来，也有女孩儿在收拾打扮准备出去的。

[东方雨老人在一个小三角梯上给唐槐挂吊瓶，爬上爬下，忙个不住。整个故事演进中，老人可自由来去，若即若离。

[突然，胡乱散拉在天空中的蛛网电线吐起了火舌。

房客甲　着火了，电线着火了！房东，房东，快拉闸！快拉闸！

[众急忙从房内提着桶、盆等救火器皿跑出。

[一片混乱中，房东西门锁手里还抓着一个麻将二饼，趿拉着一只鞋跑出。只见西门锁一脚踹开一个房门，冲进去拉了电闸。

[火舌很快消失。众议论纷纷。

房客甲　（对西门锁）该换电线了。

房客乙　老化了。

房客丙　着几回火了。

房客丁　迟早会把咱火化了。

西门锁　知道知道。哎，大家都在这儿，月底了，该交房租了。

房客甲　租金又涨了。

房客戊　一个破厂子改造的房嘛。

房客己　墙缝裂得能盘进蛇来。

房客庚　房顶漏得能掉下鳖来。

房客辛　房价贵得能……（悄声地嘟囔）逼死爹来。

西门锁　住了住，不住了走人，尻子后头寻房的还跟一串串哩。你没听电视里讲，西京城光流动人口几百万哩，我还愁瓜女子找不下傻娃。

［众房客无奈地下。

［阳乔上。

阳　乔　（向内挥手）端过来。

［四位姑娘端着饭菜上。

西门锁　咋又不做饭了？

阳　乔　你咋不做呢？

西门锁　（无奈地）好好好，端过去端过去。哎，拿点钱出来，这电线真的得换了，刚又着火了。

阳　乔　再撑一段时间，有单位拆迁，旧电线我都说好了，全给咱，一分不要。哎，听说咱这一块地皮又翻倍地涨了，你个死鬼爹，还真给咱把福分留下了。

西门锁　你爹才是死鬼呢。

阳　乔　我爹还活着咋死鬼了。人家都骂你爹是死鬼，当了几年村干部，把城中村的村办企业，三倒腾两倒腾，全都倒腾到自家名下了，这下两腿一蹬，就好实了你这个色鬼。（领着几个端盘子姑娘进房）

西门锁　悄声着悄声着，真是个烂嘴婆娘。（看看手中的麻将）白摸了个炸弹。（进房）

［罗甲秀领着父亲、母亲和弟弟罗甲成上，边走边介绍环境。罗天福与罗甲成抬着一个土炉子，还有面板等杂物。

罗甲秀　（唱）南城堡子状元巷，
　　　　小院紧挨古城墙。
　　　　城中村落连菜场，
　　　　背靠文庙闻书香。

罗天福　好地方，这个地方选得好。

淑　惠　就是房价贵了点。

罗甲秀　娘，城里就没有太便宜的房子。

罗天福　状元巷、古城墙、文庙，好着哩，我娃选的地方好着哩。就凭这一棵大树，爹就爱上这地方了。恐怕比咱家那两棵老紫薇树年龄还大呀！

罗甲秀　爹，咱家那两棵老紫薇才六七百年，人家这棵唐槐一千三百多年了。

［一家人围上去合抱唐槐，粗壮得未抱住，罗甲成高兴地摇起树来。

东方雨　（突然暴跳如雷地上）嘿！嘿！（用拐棍吆喝人走开）

［房客们陆续出现。

房客甲　动树了？

房客乙　皇上的头都敢动，可不敢动这树。

房客丙　老汉的命根子。

罗天福　树是老人家的？

房客丁　不是，市树。

房客戊　宝贝，懂不？

房客己　老汉认领了树的监护权。

房客庚　成年在这儿经管呢。

房客辛　把工资都花到树上了。

罗天福　（不解地）把钱都花到树上了？

房客甲　怪吧？

房客乙　你们才来，不懂。

房客丙　老汉是西京城可大可大的知识分子。

房客丁　当初是西京城的头号右派。

房客戊　爱说直话惹的祸。

房客己　现在话没了，但写。

房客庚　连咱一顿饭用几根葱、几瓣蒜都记录呢。

房客辛　对下苦人好着呢。

房客甲　不动树，他就不会用拐棍抽你沟蛋子。（指罗甲成）

罗天福　对不起，对不起！（急忙给东方雨老人鞠躬）

［西门锁上。

罗甲秀　西门叔，这是我爹、我娘，还有我弟。爹，我就是给西门叔的孩子做家教，才知道这儿的。

西门锁　（看着一家人的行李笑了）都拿的啥万货嘛，长枪短炮的?

罗天福　呵呵，打饼用的。

西门锁　噢。你老两口厉害呀，那高山圪塔上的人嘛，咋把两个娃教得这么出息的，全都上了名牌大学，得好好把经给咱家传传。

罗天福　东家客气了。

西门锁　不客气，我那狗日的金锁确实不成器，生在城里咋，让人没脾气，唉！房我收拾好了，就这儿，（介绍环境）一楼虽潮点暗点，可方便啊。哎，可千万不敢乱动电表啊，上一回一个民工胡拾翻呢，差点没打日塌。电线有些漏电，可不敢乱接乱安。哎哎哎小心小心，门有点问题，不敢使劲靠，不敢靠……（正说着，门扑通倒了）看看看，叫你甭靠甭靠……

［一家人进房，舞台格局发生变化。大槐树仍在。西门锁消失在房后。

罗甲秀　爹，娘，让你们受委屈了。

（唱）家乡虽穷房宽展，

　　　一应俱用都周全。

罗甲成　（唱）这间破屋像牛圈，

阴暗潮湿不见天。

罗天福　（唱）别嫌房矮少光线，

出门在外百事难。

你姐弟都把名牌大学念，

是家乡最红最红的红杜鹃。

你们就是咱家爆亮的灯捻，

你们就是咱家正午的蓝天。

（白）来，支起锅灶，过起日子。天天向往西京城，这不，咱也来了嘛！

淑　惠　看把你爹高兴的。

罗天福　真是有些高兴哪！十三年前，爹到县上开了一回民办教师表彰会，作为奖赏，县上领导又把我们十几个先进，领到西京城美美逛了一回，算是见了大世面哪！从那时起我就暗暗发誓，一定要让你们走进这个城市，在这里好好活一回人。这个梦今天总算初步实现了，咱们也算是半个西京人了！来，让我们先学两条城里的规矩：不闯红灯，不随地吐痰，念。

［一家人高高兴兴地复述：“不闯红灯，不随地吐痰。”随后欢欢喜喜收拾起来。罗甲秀、罗甲成欲抬大土炉子。

罗天福　哎哎，还是爹来，爹来。（一人扛起炉子在房中哼着小调转圈圈）

罗甲秀　（心疼地）爹！

淑　惠　你爹这一辈子就活了你姐弟俩呀，你前年考上重点大学，他一回酒喝得醉了三天，今年你弟又考上重点大学，他叫一村人拿酒灌得把牙都摔得寻不见了。

罗天福　叫你娘把我一说，都成酒疯子了，你爹好歹还当过十几年民办教师哩，堂堂罗老师，把酒能喝成那样，牙都跌得寻不见了。

罗甲成　就是的，假牙是我在人家厕所找见的。

［一家人笑。

淑　惠　你们这一对有出息的娃呀，可是让你爹把脸长了。不过这回也加了大熬煎哪，两个大学生，一年两三万块钱的费用都咋办呀。

罗甲成　爹，要叫我说，把咱家那两棵老紫薇树王一卖，啥问题都解决了。

罗天福　你说了个啥，人家长六七百年了，你爷为护树，大炼钢铁那年，把命都搭上了，咱能卖了？咱有手艺嘛，啥钱挣不来？咱打千层饼那几下，能让城里五星级大饭店看上，就说明咱能行嘛。

淑　惠　可吹上了。

罗天福　嘿，不是吹哩，美国总统是没发现，要是发现了，咱就到白宫打饼去了。

［一家人乐翻了天。

罗天福　有一句广告语叫个啥来着？

罗甲成　（变普通话）你准备好了吗？

罗天福　（郑重其事地问罗甲秀）你准备好了吗？

罗甲秀　（笑着点点头）

罗天福　（问淑惠）你准备好了吗？

淑　惠　（看着老伴兴奋的样子只笑不说话）

罗天福　（问罗甲成）你准备好了吗？

罗甲成　报告老爹，我准备好了。西京城，我罗甲成来了！我就要在这里腾飞啦！

［一家人鼓掌。

［穿着一身名牌，头式修剪得十分时尚的金锁，拿着摄像机拍摄上。

金　锁　注意，拍爱情片了。（直接把镜头对到了罗甲秀脸上，久久不动）

罗甲秀　好了，金锁，别闹了。爹，这就是房东家的孩子金锁。

罗天福　哦，好好，娃十几了？

金　锁　离八十岁还差六十四年，你算去。

罗天福　呵呵，那就是十六嘛。

金　锁　是倒是的，不过人家都说我早熟，雄性激素发达得很。（说着亮了亮肌肉块）

［一家人有点傻眼。

罗甲秀　哦，金锁，今天我爹他们刚来，我得帮忙收拾收拾，明天再给你上课吧。

金　锁　那可不行，我本来都不上高中了，准备跟人到南非去贩珠宝呀，我爸找来个你，害得我天天头疼，这不，头刚不疼了，喜欢跟你在一起了，你又不上了，把我整失恋了你要负责任呢。

［一家人更傻眼了。

罗甲秀　你这孩子，又瞎讲。

金　锁　不是瞎讲!

（唱）是《非诚勿扰》《坠入情网》，

是《泰坦尼克号》上《爱你没商量》。

你家《人在囧途》我家《阿凡达》，

姐姐《要嫁就嫁灰太狼》……

罗甲成　什么乱七八糟的，再唱小心舌头!

罗天福　（阻止地）甲成。

金　锁　哟，这是谁呀？哪儿钻出这么个土老帽？哟，还穿了个假名牌，这在我西京康复路就三十块钱嘛。

罗甲秀　金锁，他是我弟。

金　锁　呵呵，那就是未来的小舅子嘛。来，（从身上掏钱）我给钱，把你先好好包装包装。

［金锁掏出一沓钱递给罗甲成。罗甲成一掌将钱打飞，又愤然把金锁的手扭到背后，金锁哎哟——一声痛得软在了地上。

罗天福　（急忙制止地）甲成你干啥呢!

［罗甲成仍不松手。

金　锁　（大喊大叫起来）我胳膊断了——！碎屄农民工进

城杀人啦——!

[舞台格局急剧变化，大杂院复现。

[金锁赖在地上咋都拉不起来。

[院子立即围满了人。

金　锁　（哭腔）我胳膊让他扭断了哇！他要杀人哪！

阳　乔　谁？谁杀我娃呢？

罗天福　（急忙上前）对不起，对不起……

阳　乔　（捂了捂鼻子）你谁呀，跑到这院子干啥呢？

罗甲秀　阿姨，这是我爹，对不起，是我弟……

阳　乔　哦，是你家人闯的祸，你还说你一家人都是老实本分的山里人，就是这个老实法，刚住进来第一天就杀人哪！

[贺春梅急上。

贺春梅　哪儿杀人了，谁杀人了？

阳　乔　西京城南城堡子状元巷北段一百八十六号西门锁家爱子金锁，被刚进城的农民工崽子心狠手辣地放倒在地，叫声凄惨，生命垂危，人证物证俱在，请注意保护现场。

贺春梅　唉，你这娃咋老挨瞎打哩吗？

阳　乔　咋的个话，你还是街道办的领导哩，人都快让杀了，你还是这句没原则的话，啥烂领导嘛。

贺春梅　哎，说话要讲文明礼貌啊。谁把金锁压倒在地的，说。

罗天福　我给娃赔礼，我给娃道歉！（给金锁鞠躬）

罗甲成　（有些愤怒地）爹！

罗天福　我们初来乍到，还望多多包涵。（又给阳乔和西门锁鞠躬）

［罗甲秀蹲下搀扶金锁。

金　锁　（看了看罗甲秀，活动活动胳膊）姐，没断。我是跟小舅子耍哩。

阳　乔　你……你胡说啥呢？

金　锁　就是的，跟我小舅子耍哩。（一骨碌爬起来，戏弄了罗甲成一下后跑下）

［罗甲成气得浑身颤抖，再次握紧拳头。母亲急忙把他挡在了身后。

贺春梅　（对阳乔）你看看你们这一家人，都是啥人嘛！

阳　乔　哎，你咋老护着这些烂农民工哩。

贺春梅　阳乔，你把嘴放干净些，我给你说，保护农民工可是国策，我是政府领导，维护他们的合法权益是我的职责。

阳　乔　哟哟，不就是个烂街道办的嘛，还是个啥子政府领导。

西门锁　（阻止阳乔地）好了好了，胡谝啥呢。贺主任，对不起！

贺春梅　没啥没啥，恶水喝惯了。（对罗天福）有事来街道办找我，就说找贺主任就行。

阳　乔　哟哟，明明是个副的嘛，排名第三，还贺主任哩，"一把手"咱熟。

贺春梅　副的咋，第三咋，看你把个副字咬得恁重能咋？

西门锁　好了好了，对不起贺主任！（低声地）就那尿人，没治。（推阳乔下）

阳　乔　（边下边喊）哎，你们都涌到俺城里发财，做梦，想吃好的穿好的，也总得把那些臭毛病改一改吧？尤其是那些新来的听着：谁要再在俺院墙根乱尿，我可安的有电线，把你那烂玩意儿打坏了，我可概不负责。

［众无奈地直摇头。

［舞台格局变化，院落和大树转到了后面。

［罗家人闷在了房中。

［院外大槐树下的高坎上，东方雨老人在静静地拉着板胡。

［罗甲成突然拿起行李向门外冲去。

罗天福　甲成，你要干啥？

罗甲成　这就不是人待的地方，还待在这儿干啥？

罗天福　房租你姐都给人家交了半年的，你往哪儿走？

罗甲成　问他要。

罗甲秀　合同上说，自签订之日起，咱要离开，人家不退款。

罗甲成　你咋能给这样的混账人家做家教呢？

罗甲秀　其实这个娃也并不坏。

罗甲成　这还不坏，还要咋坏？在这样一个碎灰眼里，我们都活得跟要饭的一样，还咋在这儿往下待呀！

罗天福　娃呀！

（唱）你姐她来回比较细掂量，

才租下这便宜便利的一间房。

天底下能避寒遮风把雨挡，

那就是安居乐业的好地方。

一个巴掌拍不响，

以后遇事别逞强。

求学大业没影响，

一切都要看寻常。

梦既然有，苦就该尝，

日子迟早会过亮堂。

咬咬牙啥事都通畅，

那太阳一定会照上咱脸庞。

[一家人被唤起希望地聚集在一起。

[大槐树下，东方雨老人拉着板胡，围起一群自娱自乐的秦腔戏迷，秦腔黑头摇滚般的演唱声骤至：

我大，我爷，我老爷，我老老爷就是这一唱，

慷慨激昂，还有点苍凉。

不管日子过得顺当还是恓惶，

这一股气力从来就没塌过腔。

[东方雨老人的板胡声豪迈苍健。

第二场

［美丽的大学校园湖畔。一排紫薇树正花红欲燃。

［三三两两的同学，或在读书，或在恋爱。

［罗甲成用棉花塞着耳朵，在猛背英语单词，那种聚精会神的投入和旁若无人的“多动症”，让坐在不远处的童薇薇阵阵发笑。

［童薇薇向罗甲成走来。

童薇薇　罗甲成，你怎么一边背单词，还一边又是踢腿又是打拳的。

罗甲成　（不好意思地笑了笑）嘿嘿，习惯。

童薇薇　好像是踢打什么东西？

罗甲成　嘿嘿，在家乡时，我最爱对着门前两棵老紫薇树背单词，高兴了打几拳，不高兴了也会踢几脚。

童薇薇　就是这种紫薇树吗？

罗甲成　这和我家那两棵比起来，简直就是重重重重孙子了。我家那两棵树有六七百年了，活像两个歪瓜裂枣的老顽童。

童薇薇　是吗？

罗甲成　城里可是移栽了不少这种老紫薇，听说一棵就值三四十万呢。

童薇薇　是吗？

罗甲成　都是从山里买来的，这种树耐寒耐旱，全身都是药。俗名“百日红”，也叫“痒痒树”，你无论在它身上哪里一挠，浑身都动弹。

童薇薇　真有趣，我看你都快成植物学家了。我爸爸可欣赏你了，说你是全班最用功的学生。

罗甲成　童教授夸奖了。

童薇薇　你挺不容易的，听说你姐姐也在这个学校读书，你们姐弟俩能先后考上这么有名的大学，在你们那儿，影响挺大吧。

罗甲成　嗯，挺大的，我走时，乡长都来送了，县电视台还采访过。

童薇薇　哟，山里的大名人嘛！听说你姐姐读书也很用功，还特别能吃苦，什么脏活儿累活儿都能干，连垃圾都捡，在学校可有名了。

［罗甲成的面子迅即被剥得一干二净。

罗甲成　（极其难为情地）她……做环保，家里……挺富的，她……做公益……

童薇薇　（见罗甲成难为情，急忙转变话题地）爱做公益好哇。有什么困难需要帮助，你就说话，咱们同学嘛。

罗甲成　没……没什么困难，挺好的，我家里……挺……挺富有的。

童薇薇　那就好。（欲走）哎，我爸让我通知你，礼拜天他要叫几个同学到家里吃饭，你可是他第一个邀请的哟。

［罗甲成有些茫然地看着童薇薇，不知如何应答。

童薇薇　拜拜！（跑下）

［罗甲成耳旁雷声轰鸣般地响起童薇薇的声音："听说你姐姐读书也很用功，还特别能吃苦，什么脏活儿累活儿都能干，连垃圾都拾，在学校可有名了，可有名了，可有名了……"

［罗甲成痛苦地跑下。

［罗甲秀挎着一个很大的口袋，口袋上写着"环保"二字。

［罗甲秀边背英语单词，边捡拾着草坪上的垃圾。

罗甲秀　（唱）走出大山已两年，

勤工俭学路渐宽。

纵然生活有千难，

积极应对天湛蓝。

［罗甲秀向一个垃圾桶走去。当她正从垃圾桶中刨捡垃圾时，罗甲成找上，见状，愤怒地将罗甲秀推搡在地。

罗甲成　姐，我们就真的贫困到这一步了吗？我一来学校就听说，你曾经吃过别人剩下的饭菜……馒头，还说你以环保的名义……捡拾垃圾卖钱，我一直半信半疑，也没有勇气去面对这一切，可……可这一切竟然是真的……你丢尽了爹娘的脸，丢尽了山里人的脸！（愤然将垃圾口袋撕烂，垃圾滚得满地都是）你让我还怎么在这儿走进走出，你让我还有什么脸面在这里读书哇！（哭着欲走）

［罗甲秀一把抱住了弟弟的腿。

罗甲秀　弟弟，姐姐……对不起你，姐姐对不起你呀！

（唱）叫弟弟莫要把姐怨，

我也是想帮爹娘减轻点负担。

两个人几十年围着儿女转，

半百人还出门打饼挣工钱。

早五点晚十点终日伴炉炭，

姐不忍把爹娘身上油榨干。

这件事若是让你受轻看，

从此我不把垃圾来捡翻。

求弟弟对爹娘定要隐瞒——

［罗天福高兴地上。

罗天福　（唱）我老罗的一儿一女就风光在这校园。

［罗甲秀急忙捡拾散落的破烂儿。

罗天福　我听你宿舍的同学说你在这里，没想到你姐弟俩都在这里。今天领工钱了，甲秀，赶快给你弟把欠下的学费一交。（掏出一沓钱拍得啪啪响地）你娘今天愣表扬我哩，说我决定全家挥师西京，算是英明决定哩！哎，你姐弟俩是咋了，闹矛盾了？

罗甲秀　（急忙掩饰地）没……没有，爹。

罗天福　这咋满地的瓶瓶罐灌，是你们弄来的？

罗甲秀　哦，捡的。

罗天福　捡的？

罗甲秀　哦，不，是别人撂在这儿，我们做环保……拾……捡呢。

［罗天福也弯下腰帮忙捡拾。

罗天福　这可都是些能变钱的东西呀！

罗甲成　（突然愤怒地）你们都别捡了好不？都别捡了好不？（使劲用拳头捶砸着地面）

罗天福　（茫然地看着罗甲成）咋了？

罗甲秀　（继续掩饰地）哦，没咋，弟弟可能是学习……有点压力。

罗天福　娃，学习上的压力，要学会排解呀！

罗甲成　爹，姐姐她……

罗甲秀　甲成！（极力阻止）

罗甲成　爹，你还是把家里那两棵老紫薇树卖了吧，人家答应一棵给三十万，两棵一卖，咱们家就能活得像个人了。

罗天福　你怎么老惦记着我那两棵树哇！

罗甲成　人家把能变钱的东西都挖出来卖了，你还守着它有什么用，能吃？能喝？能顶学费？

罗天福　这些……爹娘还能靠双手挣哪！你看，我和你娘才来三个多月，不就挣了五千多块嘛！

罗甲成　咱家明明能一夜致富，你们为啥要起早贪黑？

罗甲秀　甲成！

罗天福　不起早贪黑，就是把树卖个好价，几年也会坐吃山空啊！

罗甲成　可毕竟能改变当下的一切。

罗天福　你真是身在福中不知福哇，上这好的学校，吃恁白的蒸馍，还想咋？

罗甲成　爹，你可能做梦都没想到吧，你女儿她……

罗甲秀　甲成！

罗甲成　她……

罗甲秀　甲成……

罗甲成　她一直在捡破烂儿！

罗天福　你说什么？

罗甲成　姐她不让你们给学费和生活费，一部分是做家教挣的，每月吃饭钱……都是靠在校园捡破烂儿……捡下的呀！（捂住脸跑下）

［罗天福一屁股瘫坐在地上。

罗甲秀　爹，我给你……丢脸了！

罗天福　（嘴里喃喃着）闺……闺……闺女呀！

（唱）你为何要这样亏欠自己，

哄着爹瞒着娘独自饮泣。

家虽穷也不在一粟一米，

苦了根伤了秆误不得花期。

罗甲秀　爹！

罗天福　（唱）你为何要拒绝爹娘的补给？

你为何要回绝乡上的惠及？

你为何要退回亲戚的周济？

吃了苦受了罪还只字不提。

罗甲秀　（唱）儿知道爹娘累不堪压挤；

儿懂得亲戚穷都有难题；

儿不愿伸手要想靠自己；

儿有手就能够自强自立。

罗天福　（唱）女儿的手需要养最怕粗粝，

罗甲秀　（唱）爹娘的手糙如铁更须休憩。

罗天福　（唱）儿还小上学进取家里应兜底，

罗甲秀　（唱）爹娘老生活艰辛儿女该痛惜。

罗天福　（唱）你说那老紫薇该不该放弃，

罗甲秀　（唱）我相信你们祖祖辈辈护树的道理。

罗天福　（极其感动地唱）

爹看到了希望，

爹感到了荣光。

都说笑贫不笑娼，

我闺女捡拾垃圾，自立自强，谁堪笑话，谁配中伤？

我也曾是教书匠，

盼的是学生能担当。

闺女懂事又向上，

我苦死累活都无妨。

（慢慢捡拾起垃圾口袋）

只是这口袋应该挎在爹肩膀，

你专心学习莫彷徨。

（将破烂的垃圾袋挎在自己肩上）

我真想给你们一个体面的家庭体面的爹娘，

让你们体体面面、快快乐乐、风风光光活得生命都张扬。（落泪）

罗甲秀　爹！（紧紧抱住父亲，父女相互拭泪）

罗天福　（唱）别难过，莫悲伤，

有春绿就会有秋黄。

苦日子咱要当歌唱，

看天边晚霞正烧出火凤凰。

［秦腔黑头声昂扬揳入：

我大，我爷，我老爷，我老老爷就是这一唱，

慷慨激昂，还有点苍凉。

不管日子过得顺当还是恓惶，

这一股气力从来就没塌过腔。

［远处晚霞似火，湖光尽染。

第三场

［清晨。

［西门锁家院落。

［东方雨老人仍在唐槐下拉着板胡。

［罗天福的租房内传来打饼声，声音很响。

［东方雨老人放下板胡，认真倾听打饼声音，并掐表做着计算和记录。

［阳乔上。

阳　乔　哎，老罗，罗家老汉。

［罗天福急忙从房内出。糊了一脸面粉。

罗天福　哎唉，来了！

阳　乔　我早上晾晒在这儿的拖鞋咋不见了。

罗天福　不知道哇。

［罗甲成上。

阳　乔　那可不是垃圾，你可不敢当垃圾拾回去了，这可是意大利真皮的，两千多块呢。

罗天福　你看东家说的，我咋会做这事呢？

阳　乔　你一家人不是都爱到处捡垃圾吗，哎，你家到底是打饼的还是捡垃圾的，要捡垃圾可不能在我这院子住。

罗甲成　你说啥？

阳　乔　要捡垃圾就不能在我这儿住，不安全。

罗甲成　你……

罗天福　（急忙阻挡地）你姨人家说的对着哩，我们不专门捡，有时就是顺手……

阳　乔　顺手……牵羊？

罗天福　可……可这鞋我们确实没捡呀！

阳　乔　没捡，它还能长腿飞了。

罗甲成　你凭什么丢了东西就能怀疑我们？

阳　乔　（极轻蔑地）凭感觉。

罗甲成　（愤怒地）你……

阳　乔　咋，莫非你还想打人哪咋的？

罗天福　（阻止）甲成，有理说不是。东家，不过我也想多说一句，你不要老用这种眼光看待我们，我们可能穷一点，但做人还是有下数的。

［罗甲成还想论理，被罗天福硬拉了回去。

阳　乔　哼，谁拾了我拖鞋，穿上遭驴踢。（院子一角突然传来小狗叫声，阳乔发现什么似的猫下腰）妞儿，虎妞儿，我的乖妞妞。（小狗叫声继续）

［阳乔抱出小狗，小狗叼着一只皮拖鞋。阳乔偷偷拉出另一只，欲溜下。好像觉得脑后有眼睛，急转身一看，大树背后只有东方雨，老人似乎并没有发现这一切。阳乔掖了掖拖鞋急下。

［东方雨老人用犀利的目光久久盯着阳乔消失的背影。

［贺春梅上。

贺春梅　东方老伯！（从包里掏出一份文件）您给市上写的

《关于西京城千年大树保护方案》的建议稿，领导批了，让我给您反馈一下。还有您反映的农民工应享受城市市民的几项待遇问题，我已转上去了。

［东方雨连连点头。

［旺春嫂领着几个妇女，拿着各种包包蛋蛋的行李上，到处东盯西瞧。

贺春梅　你们是……

旺春嫂　我们来找罗村长的。

贺春梅　（不解地）罗村长？

妇女甲　罗老师。

贺春梅　（不解地）罗老师？

旺春嫂　过去是我们娃的老师，又当过我们的村长，现在进城打饼，发了，我们来寻他的。

贺春梅　发了？发什么了？

旺春嫂　发大财了，扑哧扑哧的（形容胖）。

［罗天福从房内出。

罗天福　啊，旺春嫂，你们怎么来了？贺主任，乡亲，都是乡亲。

旺春嫂　罗村长，听说你到西京城打饼发大财了，这手艺我们都会嘛，把我们也领上吧！我们保证：

众村妇　不闯红灯，不随地吐痰。

村妇甲　（唱）我能把饼擀得薄如缎，

村妇乙　（唱）我能把面揉得筋似砖。

村妇丙　（唱）我能把大料调得香三里，

村妇丁　（唱）我能把叫卖声喊得穿过一架山。

罗天福　（哭笑不得地）都听谁说我发大财了？

村妇甲　都说呢。

村妇乙　城里是个大富矿。

村妇丙　谁来都能捏到一疙瘩。

村妇丁　咱的手脚不笨。

旺春嫂　把我们都带上吧！

罗天福　（无奈地）好好好，先到屋里坐，屋里坐。（让旺春嫂等进房）

贺春梅　呵呵，乡亲们挺信任你的嘛。

罗天福　不知都听谁说的，我也是泥菩萨过河哟。（猫腰观察阳乔丢鞋的地方）

贺春梅　你找什么？

罗天福　哦，不找什么。

贺春梅　你家的饼打得还有点影响了。

罗天福　嘿嘿，又有几个小馆子要哩，晚上在家加点班。（仍在找）

［贺春梅从一个裤兜里掏出一把水果糖来。

贺春梅　哎，这是刚才社区里王黑蛋子结婚哩，硬塞给我一兜兜糖。

罗天福　哎，不要不要，老给哩。

贺春梅　客气啥嘛，快拿上。（硬塞在了罗天福手上）不过晚上打饼的声音得小一点，隔壁邻舍有意见哩。

罗天福　一定改正，一定改正。

贺春梅　房东家是不是老赌博哩？

罗天福　嘿嘿，没有吧，我不知道。

贺春梅　没看出老罗还是个老滑头哇。

罗天福　嘿嘿，贺主任请等一下。（进房取出一塑料兜千层饼来）给，拿上。

贺春梅　哎，不要不要，你这是商品，咋能随便拿呢？

罗天福　这是咱自家打下的。

贺春梅　自家打的也是商品嘛。

罗天福　见外了吧，这要在乡下，就是贺主任瞧不起我老罗哇。

贺春梅　哦，好好，我拿一个。

罗天福　都拿上。

贺春梅　不行，绝对不行。（老罗强着要给）好好，最多再拿一个，小本生意不容易。快忙你的去吧！

［贺春梅拿了两个千层饼，先是准备装在一起，想了想，又分别装在了两个口袋里。

［阳乔突然拿着独凳从房里把西门锁撵了出来。

阳　乔　你个老不正经的臊公鸡呀……（一凳子砸过去，西门锁像耍杂技一样刚好接住）我不想活了，我痛苦得很，生命不能承受之重啊！

贺春梅　咋了？

阳　乔　哦，贺主任在这儿。

贺春梅　是贺副主任。

阳　乔　哎呀，你不要把那个副字咬得恁重啊，反正你是政府，得给我做主哇！

贺春梅　咋了吗？（见西门锁欲溜）你先甭走。

阳　乔　你叫他自己交代。

贺春梅　咋回事吗？三天两头不和谐。

西门锁　没……没啥，她耍麻迷呢。

阳　乔　还说我耍麻迷，他打麻将，我刚出去一会儿，就偷偷踩一个女人的脚，上边眉来眼去“放牌”，下面勾勾搭搭“磨电”哪！

贺春梅　哦，你们不是一直不承认赌博吗？

阳　乔　赌了，大赌头哇，赢了还不上交。

西门锁　唉，谁摊下这婆娘，算是倒八辈子血霉了。

贺春梅　你们家的问题看来很严重啊！

阳　乔　严重得很严重得很，他过去就有前科。

贺春梅　啥前科？

阳　乔　踩脚前科。

贺春梅　踩谁的脚了？

阳　乔　你问前科犯自己。

贺春梅　（问西门锁）踩谁的脚了？

西门锁　你没问她，是她先踩我，还是我先踩她？

阳　乔　猪脚先踩我了。

西门锁　唉，把个老实本分的前妻都踩没了，还说啥呢。

阳　乔　你看看，你看看，贺政府，你要为我做主哇，他能把前妻踩没了，就能把后妻也踩没呀！我痛苦得很，痛苦得很，生命不能承受之重啊！

［众房客偷乐。

贺春梅　你这回到底踩了没，对政府要讲老实话。

西门锁　踩……是踩了，可……可不是故意的。

阳　乔　还不是故意的，你把那娘儿们踩得呀的一声，还要咋故意？

贺春梅　你们家的问题确实很严重啊，不仅赌博，而且还有苟且之事，看来我得下茬管一管了。（见院子乱哄哄的人太多）走，屋里请！

阳　乔　（对西门锁）走！

［西门锁和阳乔向房里走去。

房客甲　好货呀。

房客乙　哈㞞嘛。

房客丙　（悄声地对贺春梅）把两个赌徒一回办到局子里去。

贺春梅　你个瞎东西，就爱搞不和谐。（将一个千层饼塞进了房客丙的嘴里）

房客丁　这家里好货少，最好连窝端。

贺春梅　你更是唯恐天下不乱。（将另一个千层饼塞进了房

客丁嘴里。整装进房）

[众议论着散去。

[金锁烂醉如泥上，一下跌在独凳旁，边唱边起《独凳舞》。

金　锁　（唱）昨夜蹦迪到今早，

出门遇条大藏獒。

逗狗碰着鹦鹉鸟，

会说周末您逍遥。

中午又是同学叫，

开心喝得有点高。

好像踢了狗肉煲，

还给桌上攮一刀。

[金锁一屁股跌坐在独凳上，独凳倒地，金锁随着倒地。

[罗甲秀上。

罗甲秀　哎呀金锁，你咋喝成这样了？

金　锁　我……我是回来上课的，甲秀姐来了，我要上课。（自己从凳子底翻上来，又跌下去）

[罗甲秀急忙搀扶。

金　锁　（一把抓住罗甲秀）姐……姐……

罗甲秀　（害怕地）你……你咋了？

金　锁　我喜欢姐……我喜欢姐。

罗甲秀　你胡说啥呢。

金　锁　就是……我可喜欢姐了，自从有了姐，我就爱学习了，你教英语，我……我爱英语，你教数学，我……我就爱数学……

罗甲秀　爱了好好学就是了。（躲避地）你赶快回去休息吧，今天我有事，不能上课了。

金　锁　（死搅蛮缠地挡住去路）不行，非上不可，是……是你让我上……上了学习瘾了，不学……不行！坚决不行！

罗甲秀　你喝成这样咋学呀？

金　锁　就……就这样学，我看着你，你……你看着我，就这样……我给钱，很多钱……我爷留的多的是。（掏出钱，还有一摞卡）卡也行，一刷，啥都有……

罗甲秀　你才多大个娃，咋学得这坏的？

金　锁　不……不是坏，是……是爱！（一把抱住罗甲秀）

［罗甲成上，见状恼羞成怒，顺手操起了独凳。

罗甲成　西门金锁，你个恶少！

（唱）早就想让你挂彩，

早就想给你教乖。

野地的倭瓜难做菜，

天生的歪树不成材。

我叫你坏，我叫你爱，

我叫你狗脸花开桃红腮。

［追打中罗甲秀拼命阻挡，但最终凳子还是落在了金锁身上。

金　锁　杀……杀人了，这回是真的……杀人了……（被凳子重重地砸倒在地）

［罗甲秀惊呆。

［阳乔闻讯跑上，西门锁与贺春梅跟上。

［罗天福、淑惠和众人也纷纷从房内出。

阳　乔　天哪，真的杀人了呀！金锁，我的儿子耶！

贺春梅　怎么回事？谁打的？

罗甲成　我。

贺春梅　是失手了吧？

罗甲成　不，故意的。

众　啊！（惊呆）

贺春梅　（一摸金锁的气息）还不赶快送医院。

[舞台急剧变动。

[大槐树仍在，东方雨老人又在拉板胡。

[罗天福租房中。罗天福正在教训罗甲成。

罗天福　（唱）你野性难驯不成器，

遇事躁乱似火逼。

不懂放小守大义，

莽汉挥刀把祸罹。

罗甲成　（唱）姐姐懦弱常掩泣，

逆来顺受软如泥。

罗天福　（唱）你姐以柔克刚心坚毅，

目标存远是高棋。

你心胸狭隘认死理，

争强好胜总折旗。

罗甲成　（唱）我们难道该受气？

罗天福　（唱）打人能叫啥出息？

罗甲成　（唱）忍到何处是尽地？

罗天福　（唱）大事不乱人生就未把头低。

罗甲成　（唱）阿 Q 就是父亲你，

罗天福　（气急败坏地）你……你……

（唱）你貌似强力，实则猴急、心地狭小、处事偏激，你是一个越活越小气的混账东西。

［罗甲秀上。

淑　惠　（急切地问）人怎么样了？

罗甲秀　还好，没出大事，骨头也没伤着，街道办贺主任一直在帮我们说话呢。不过……人家让立马先拿一万块钱过去看病。

淑　惠　啊！（一下软瘫在凳子上）

罗甲成　不给，啥东西。

罗天福　你嘴硬，我看人家要得不多，你凭什么行凶，凭什么打人？你像不像一个大学生？像不像一个城市文明人？你这才叫丢尽了乡下人的脸。咱输理了，没说的，给人家拿钱，我看应该加倍赔偿。拿！

［淑惠从暗角取出一个包袱，打开是一大包袱碎钱。

［一家人围在一起整理。

罗天福　（对罗甲成）还不过来帮忙。

［罗甲成极不情愿地走了过来。

［一家人跳起“理钱舞”。

罗天福　（唱）一点点收，一点点攒，

淑　惠　（唱）把破的交给娘一片片粘。

罗甲秀　（唱）这些钱浸透了爹娘的血汗，

罗甲成　（唱）不忍动不忍看我心如刀剜。

罗天福　（唱）一点点数，一点点验，

淑　惠　（唱）把残的挑出来别混在里边。

罗甲秀　（唱）爹娘穷志不短为人良善，

罗甲成　（唱）见屋檐就低头马善被人鞭。

［零钱理好。淑惠数了数。

淑　惠　他爹呀，这回窟窿洞大了，恐怕也只好先卖一棵紫薇树，让眼前这关先过了哇！

罗天福　你怎么也打起紫薇树的主意了。除非我死了，那两棵紫薇树谁也别想动。

罗甲秀　爹，我这儿还攒了一点，一起先凑凑吧，不够了，我去贷点款。

罗天福　（颤巍巍接过女儿的钱）算爹借你的！

（唱）交了钱再去给人家道个歉，（对罗甲成）

做错了万不能要横蛮。

咱罗家知书达理是非明辨，

输了理充硬汉那是刁顽。

安下心扑下身子好好把书念，

有了根有了本路径自然宽。

要自尊咱先得自省自勉，

要硬气咱就须硬在骨头里边。

[罗甲成慢慢接过钱，牙骨咬得咯咯响。

[秦腔黑头声至：

我大，我爷，我老爷，我老老爷就是这一唱，

慷慨激昂，还有点苍凉。

不管日子过得顺当还是恓惶，

这一股气力从来就没塌过腔。

[东方雨老人的板胡声旨远沧桑。

第四场

[一年后。

[夜色中的大学校园湖畔。

[罗甲秀提着行李徘徊在湖岸。

罗甲秀　（唱）大学毕业情未了，

即将离校热泪抛。

绕树三匝恋枝鸟，

一朝飞去哪是巢？

[罗天福提了些千层饼上。

罗天福　甲秀，爹不是说了，来帮你拿行李吗，咋自己都背出来了。

罗甲秀　爹，我能背动。

[罗天福欲挑行李，突感腰痛地闪了一下。

罗甲秀　爹，快放下。（给爹捶腰）爹，我咋听说……你到一个工地推销千层饼，让人家……打了！

罗天福　（故意轻描淡写地）哦，人家那工地连着丢东西，爹不知道，进去让人家误抓了，人家已经赔礼道歉了。

罗甲秀　打得重不？（掀起衣服看脊背，惊异地）啊！

罗天福　没事，都快好了。可不敢叫你弟知道，那犟脾气，知道了惹事呢。

罗甲秀　（难过地）爹！我回来帮你。

罗天福　娃呀，你能找下好工作，还是要努力找工作呀！

罗甲秀　我一边帮你一边找。

罗天福　哦，也好。你看我弄了个新包装，既卫生又好提，就叫天福牌千层饼，帮村里来的人都推销推销。我想你们学校大灶人多，能不能……

罗甲秀　爹，我去试试。

罗天福　该不伤我娃面子吧？这事我也想了好久，就是怕……

罗甲秀　这有啥？爹你先回去吧，我去试试。

罗天福　哦，好。（艰难地挑起行李下）

［甲秀正欲走，金锁从树后蹿出。衣服被划乱，手上脸上都是伤。

金　锁　姐！

罗甲秀　你咋在这儿？你又打架了？

金　锁　哦，没有。你不是今天毕业离校吗，我是来帮忙的。看，我买了辆跑车，专门来接你呢。（将车钥匙扔给罗甲秀）给，喜欢了就是你的。

罗甲秀 嘿嘿，你真是太孩子气了。（将钥匙还给金锁）谢谢你了，我的东西已经拿走了。

金 锁 我都看见了，让岳父抢了头功。

罗甲秀 （顿生恼意地）你才多大个人，咋净说些没头没脑的话呢?

金 锁 我都十八了，马上就过生日呀。姐，你看我给你逮了个啥。（从怀里掏出一只蝉）哦嗬，捂死了。

罗甲秀 金蝉?

金 锁 我看你老爱听树上的蝉叫，说可像回家乡的感觉，我就给你逮了一只。

罗甲秀 你是上树把身上划烂的?

金 锁 嘿嘿，没事。

罗甲秀 （心疼地给金锁整理衣服伤口）金锁呀！你应该把全部精力放在学习上，今年没考上大学，明年继续努力嘛。

金 锁 我还努力啥呢，姐，你觉得我还缺啥吗?

罗甲秀 呵呵，知识也不缺吗?

金　锁　要那谝哪，我看把钱能数清就行。咱院子看树的老头儿该有知识吧，到头来就看了一棵树，我想我老了天天有钱数，总比他混得强吧。

罗甲秀　（无奈地摇摇头）金锁，你整天净和一些街道闲人卷在一起，怎么老是不长进呢？

金　锁　我哪里不长进了，去年没车，今年有了，还没长进？姐，我可爱你了。

罗甲秀　再别瞎说了，快回去吧，我还有事。（欲走）

金　锁　姐，我知道你这一毕业，还没工作呢，放心吧，有我呢，咱家不差钱。

罗甲秀　（无可奈何地）嘿嘿，我会找到工作的，你快走吧！

金　锁　姐！（突然从怀中掏出一枝玫瑰花，学西方求爱礼节地单腿跪地，像煞有介事地唱）

这枝玫瑰不掺假，
是鲜活鲜红的玫瑰花。
求你能把它收下，
爱你是我真心的表达。

罗甲秀　（唱）你快站起别犯傻，

小心花刺把手扎。

我也心疼小弟你，

那是一杯清纯的茶。

金　锁　（唱）你毕业不用把工打，

我端直把你接回家。

爸妈要是不同意，

我一把火将房烧垮塌。

罗甲秀　（唱）求你莫再说浑话，

赶快离开别磨牙。

倘若我弟看见了，

又是雷电劈彩霞。

金　锁　（唱）他那几下我不怕，

转眼还得赔伤疤。

你若不把我接纳，

我……我就跳进湖里喂王八。

罗甲秀　你……（气恼异常地转身就走，金锁阻挡，纠缠不休）你干什么？你要干什么？

金　锁　（失控地）我爱你，我就喜欢你这种村姑型的，城里女娃都假得很，我……我就爱你……（强行拥抱

罗甲秀）

［罗甲秀终于忍无可忍地狠狠将金琐掀翻在地，然后哭着跑下。

［金锁傻愣在那里。

金　锁　（活动活动胳膊腿，对着湖面怒吼地）野蛮女友！（然后无处发泄地狠狠踢翻一个垃圾桶，又掀翻一个座椅，再拔起一棵小树后离去）

［罗甲成上。

罗甲成　（唱）晚霞如酒红胜火，

湖光似烧漾金波。

爱上校园人一个，

心中红日欲喷薄。

十年寒窗风雪裹，

一朝出头要放歌。

一切机遇绝不舍，

人上人也是凡身肉胎猿猴科。

［罗甲成心情大好地扶起被金锁掀翻的垃圾桶和座椅，并栽植着被金锁拔起的小树，一边神情迷离地向远处张望着。

[童薇薇上。

童薇薇　（唱）甲成盛邀难藏躲，

言说有诗须雕琢。

举止怪异闪又躲，

到底相约树哪棵。

[罗甲成从树后闪出。

罗甲成　（唱）就是相思树西侧，

童薇薇　（唱）像是抗战把敌磨。

罗甲成　（唱）晚霞如虹撩心魄，

童薇薇　（唱）今夜恐要起风波。

罗甲成　（唱）湖岸相携一对鹅，

童薇薇　（唱）让我惊飞各回窝。

罗甲成　（唱）千万别把它恫吓，

童薇薇　（唱）你要谈诗何不说?

罗甲成　（唱）满目尽诗你不唱和，

童薇薇　（唱）我是能动专业吟诗拙。

罗甲成　（唱）校花一朵你才情绝，

童薇薇　（唱）这样的夸奖我最鄙薄。

罗甲成　对不起，我……我让你弄得没词了。薇薇，你……

你难道就感觉不到我……我的……

童薇薇　你的什么？

罗甲成　我对你的……那点意思吗？

童薇薇　什么意思？

罗甲成　哦，你对我的，我全感觉到了。学生会选举，你推荐我做候选人，并且还动员那么多同学支持我。

童薇薇　这是因为我觉得你能代表一个方面。

罗甲成　恐怕还有其他……更加温暖的含意吧。

童薇薇　什么温暖的含意呀？

罗甲成　你对我的……关爱……

童薇薇　是呀，同学嘛，应该的。

罗甲成　可这里面……分明有更深的……意味（用英语单词说）……

童薇薇　关爱就是关爱，还有什么意味呀？

罗甲成　那是……是一种特殊的感情……

童薇薇　你想偏了吧？

罗甲成　（有点茫然地）薇薇，难道你……你平常对我的那些感情都……

童薇薇　罗甲成同学！

（唱）爸爸始终教育我，

要关爱弱者把雨露播。

你姐弟的故事如青果，

苦涩的经历让我把泪落。

默默为你发光又添热，

只是想帮你走出困顿的生活。

罗甲成　（深感遭侮辱地）童薇薇，你瞧不起我？

童薇薇　没有，你的学习成绩比我好，我很敬佩你呀！

罗甲成　可你在骨子里瞧不起我。我一直以为你待我很平等，原来你早已把自己放在了拯救者的位置上，你凭什么帮助我，我家是贫困户吗？我向你们申请过救助吗？

童薇薇　对不起，我是在执行学生会的“一路同行”计划，这个计划之所以秘密进行，就是害怕伤害你们的自尊。我偷偷跟随过你一次，看见过你爹娘打饼的身影……对不起，你太敏感，心理太脆弱，我的帮助也只好遮遮掩掩，让你误会太深了……今天既然说破了也好，关爱和爱情是有本质区别的，如果关爱伤害了你，我们马上撤销对你的行动计划。罗甲成同学，再次深深向你道歉，对不起！（深深鞠躬）另外，我还想告诉你，你的学生会主席团候选人资格被取消了。

罗甲成　（大惊）为什么？

童薇薇　还需要我告诉你吗？你在网上强力攻击你的竞争对手，同学们都认为你求成心切，有失风范，全部倒戈。对不起！（下）

［罗甲成被彻底击倒在草坪上。

［天空隐约滚过雷声，闪电。

罗甲成　（唱）一席话灵肉刺痛天地倒错，

赤裸裸尊严失尽面皮全剥。

我本想爱情事业双双结果，

谁料想西西弗斯巨石推上又滑落。

原以为走出大山天就辽阔，

挣断肠跳过龙门命越龟缩。

告别了沟壑，

告别不了我的穷窝。

走进了城郭，

走不平等我的人格。

一心想催生花朵，

不承想招来恶魔。

我还上的什么学，

弄巧成拙的污点怎涤濯？

我第一次深刻认识我，

再努力还是一个登不上台面、进不了场面、遭人边缘的山里哥。

满目诗意全凋落，

湖光黯淡尽混浊。

找一个无人知我根底的处所，

过一种没有侧目而过、同情施舍、人格平等的生活。

［罗甲成愤然将自己刚刚扶起的垃圾桶和座椅又掀翻在地，正欲放浪而去，罗天福挑着一担用塑料布包裹着的千层饼上。

罗天福　甲成，你姐给你们学校大灶联系了一下，人家立马让先送一百个千层饼过来试试。这个路子要能开通，村里新来的这一拨，吃饭问题就解决了。

罗甲成　（突然愤怒异常地）让千层饼见鬼去吧！

罗天福　我娃咋了？要是嫌丢人，爹挑回去就是了。

罗甲成　（突然号啕大哭起来）爹，我们放弃吧！

罗天福　放弃什么？

罗甲成　放弃你的西京梦，放弃一切。什么奋斗都是徒劳的。（愤然踢飞垃圾桶）

罗天福　娃你咋说这话呢？这……这都是你干的？（指着被破坏的设施）

罗甲成　爹，在你眼中，我和姐姐是龙，是凤，你以为我们上了大学，就能成龙成凤，改变命运，可实际上，我们掏空家底，搭上老命，仍然是城里人眼中的下三烂。姐今天毕业，还不知啥时才能就业，再别给自己编织虚幻的梦想了，你和娘赶快回去吧，在乡下还能像人一样地活着，在这儿，你就是污水，是“牛皮癣”，是贼……

罗天福　你……你咋……

罗甲成　爹，靠打饼实现不了你的西京梦，你们赶快回家养老去吧！去你的，千层饼！（狠狠踢飞饼担子跑下）

罗天福　甲成——！

（唱）炸雷击顶梦重创，
天塌地陷抽脊梁。
十几年好学上进的读书郎，
进城变成了秉性顽烈的走火枪。
是什么让他心迷惘?
是什么将他变乖张?
日渐孤愤心志丧，
挫败了为父殷殷期望苦心浇灌望子成龙血一腔。
我是个失败的教书匠，
把儿子教成了叛逆郎；
我是个失败的领路爹，
西京梦将夭折深感悲凉。

［罗天福慢慢扶起被罗甲成毁坏的一切，人动景移，罗天福挑着千层饼行进在雨夜中。跌倒。

真想蜷缩进家乡的热炕，
真想醉卧在故乡的荷塘。
守着我那花开如火的紫薇树，
望着我那读书朗朗的小学堂。（慢慢爬起）

腰杆已背不动日子的细账，

精神已撑不住岁月的漏光。

日子不是苦尽甘来节节向上，

生活不是付出回报两相抵偿。

日子是天天激战无战况，

生活是年年拼命少华章。

我真想一卧不起退下场，

我真想一病不治皆了亡。

可老伴浑身病痛谁将养，

女儿她毕业尚无落脚方。

最愁儿子变态像，

一旦生恶必疯狂。

不能为社会造栋梁，

也不能给人间养毒疮。

好乡亲也指望我把路蹚，

这信任把我卑微的生命照亮堂。

一切都不能往下放，

老罗的担子还得老罗咬紧牙关往前扛。

[西门锁家院落出现。

罗甲秀　爹，甲成他……

罗天福　他怎么了？

罗甲秀　他离家出走了！

［罗天福大惊。

［院子所有人都为罗家忙活起来。

旺春嫂　罗村长，莫急呀。

房客甲　我们都在帮忙找着哩。

房客乙　这娃会走远吗？

房客丙　恐怕不会近。

房客丁　啥事能气成这样？

房客戊　我看娃不想活的心思都有哇！

房客己　东方老人问过他一句。

房客庚　他回答得可冲了。

房客辛　他说：不想再见天日！

罗天福　啊！（扔下担子）甲成——！（追下）

［黑头的咏唱凄厉而至：

我大，我爷，我老爷，

我老老爷就是这一唱，

慷慨激昂，还有点苍凉。

[暗转。

第五场

[西门锁家院落。

[东方雨老人依然在古槐下拉着如泣如诉的板胡。

[童薇薇、罗甲秀和母亲淑惠在向远处瞭望。

[众房客围上。

旺春嫂　姨，还没消息?

淑　惠　没有。

罗甲秀　他就在网上留了一句话，说别找他，他到很远的地方打工去了。

旺春嫂　这孩子也太不懂事了。罗村长去找娃也走十几天了。唉!

房客甲　姨，我帮你打听了，我们那一片工地，没人听说甲成去过。

淑　惠　唉，都麻烦你们了。

众　（议论）会到哪儿去呢?

[贺春梅上。

众　贺主任！政府那边有消息吗？

贺春梅　（摇摇头）还没有，不过全市派出所都备案了。

淑　惠　谢谢大家惦记了，谢谢！谢谢！

众　姨，你还要保重身体！人一定会回来的。

童薇薇　罗阿姨，别着急，我们都在找他，相信他会回来的。

淑　惠　哦，谢谢！谢谢贺主任！谢谢同学们！（罗甲秀搀扶母亲进房）

［童薇薇下。

［富贵叔领着几个乡下老者，扛着大包小包的行李，探头探脑地上。

旺春嫂　富贵叔，你们怎么来了？

富贵叔　哎呀，总算找到了。罗村长也住这儿吧？

旺春嫂　你们怎么也来了？

富贵叔　奔罗村长来了。

老者甲　（唱）我能把饼擀得薄如缎，

老者乙　（唱）我能把面揉得筋似砖。

老者丙　（唱）我能把大料调得香五里，

富贵叔　（唱）我能把叫卖声喊得穿过两座山。

旺春嫂　还叫卖呢，甲成跑了近一个月不见人影，罗村长去找，到现在也没个消息。都先到我们家里歇着吧，等罗村长回来看咋弄。

贺春梅　你们就这么信任你们的罗村长？

富贵叔　嘿，罗村长你不相信你相信谁？那是绝对的。

［众议论着进房。

［贺春梅欲下，西门锁与阳乔从房里撕抓出。

阳　乔　（几近疯狂地）你必须老实交代！

西门锁　交……交代啥吗？

阳　乔　你到底给了那个骚货多少钱？真的要活活把我气死吗……（撒泼地一屁股瘫在地上）

西门锁　你真的不嫌丧眼吗？（欲拉阳乔）

阳　乔　（闹腾得更凶地）活不成了哇，我活不成了哇……

贺春梅　（冷冷地）还嫌这院子不闹吗？

阳　乔　你这话啥意思？你就这样不关心老百姓的痛痒啊？

贺春梅　哪儿痛，说！

［有人给贺春梅搬来了凳子。

阳　乔　你问他。（指西门锁）

西门锁　呵呵，内部矛盾，人民内部矛盾。

阳　乔　已经转化到外部了。

贺春梅　咋回事?

西门锁　(张口结舌地)哎……哎……诬陷好……好人哩。

阳　乔　你再是好人，那世上就没好人了。他，他把一大沓钱给了上一回踩脚那个骚货，让我逮了个正着哇!

贺春梅　(对西门锁)有句俗话说，六十岁尿炕——老毛病啊!

西门锁　人……人家是借哩。

阳　乔　这比猫借耗子还可怕呀!贺主任必须给我撑腰哇。

贺春梅　是副的。

阳　乔　都已经常务了，能拿事嘛。你说把这号老前科犯咋办呀嘛!

房客乙　凉拌。

贺春梅　去去去，起哄啥呢。钱拿走了没有?

阳　乔　让我一把给抓回来了。他把我坑苦了哇，十八年了，我原来一尺八的腰围，看看现在；我过去脸上粉嘟嘟的，看看现在……唉，真是“敌营十八年”哪!

贺春梅　那是自然现象嘛。

阳　乔　我这都是让他气的，我痛苦得很哪，我一想起脸上的皱纹被他气得一天天多起来，我就不想活了哇，生命不能承受之重啊！活得太累太痛苦了哇！西门锁，我跟你这个低级动物没完。

房客甲　（故意地）人是高级动物。

阳　乔　男人这个动物不是，至少目前我还没看出来。

房客乙　你是太清闲了。

房客丙　脑子容易搁事。

阳　乔　你们农民工懂什么，吃饱了，穿暖了，有活干了，工钱拿到了，就睡得跟猪一样。可我们有精神生活呀，你们哪懂得精神痛苦有多痛苦哇！

房客丁　你睡着的那个鼾声可不比我们美妙。

房客戊　三层楼都震动呢。

房客己　（悄声地）能跟驴 PK。

房客庚　你是筋懒得痛苦。

房客辛　不是精神痛苦。

阳　乔　去去去，我的精神真的痛苦得很哪，贺主任哪！

贺春梅　（无奈地）你的确很痛苦，我都为你感到痛苦哇！

阳　乔　这下我跟政府总算坐到一条板凳上了！（挤到一条

板凳上坐着）

贺春梅　（愤然站起）都是钱烧的。（板凳翘空，阳乔一屁股蹾在地上）

［一房客跑上。

房　客　不好了，金锁在街上醉酒飙车，把人……人卷到车轮下边了！

阳　乔　啊，天哪！都是你这个低级动物养的好货呀！（揪着西门锁急下）

贺春梅　唉！钱少了不好过，钱多了也过不好哇！

［众议论着散去。东方雨老人仍在给唐槐挂吊瓶。

罗天福　（内唱）

恨甲成不懂事一逃千里——

［罗天福拉着罗甲成上。

（接唱）

投黑矿下煤窑犟得出奇。

罗甲成　（唱）我甘愿不见天沉到井底，

再不想在世上被人看低。

罗天福　先回家再说。

罗甲成　爹，我说过了，你就是把我弄回来，我还是要走的，反正我不上学了。

罗天福　你……

［院中房客闻讯围上。

房客甲　娃呀，你终于回来了！

房客乙　可怜天下父母心哪！

房客丙　太不懂事了！

房客丁　你爹娘撸你几棍都应该。

［罗甲成恼羞成怒地再次夺路欲走。

［罗甲秀与母亲急上。

淑　惠　甲成！（上前悲喜交加地狠狠打了罗甲成几拳，声泪俱下）

房客戊　你真是太不争气了，孩子。

房客己　你都快把你娘逼疯了，还不快回去。

房客庚　东方老伯，你有知识有文化，劝劝这孩子吧。

众　劝劝这孩子吧！

罗甲秀　甲成！（暗示让他搀扶母亲，罗甲成上前搀住母亲，极不情愿地慢慢向房中走去）

［罗甲秀被东方雨老人叫到了一旁。

［舞台变换。

［罗家租房内。

［罗天福一关上门，即顺手操起锅盖，向罗甲成打去。罗甲成一动不动，淑惠急忙抢锅盖。

淑　惠　他爹，你干啥呢？甲成，还不给你爹跪下。

［罗甲成不屈服地扭扭脑袋。

［淑惠将罗甲成压跪在地，罗甲成又站了起来。淑惠无奈，紧紧用背顶住锅盖，无意间挨了好几锅盖。

淑　惠　你个犟牛瘟哪，你就给你爹认个错吧！你爹是为你们付出太多了，把你们都想得太好了，你这样……他咋受得了哇，娃呀！

（唱）自你出走那一天，

一家人心上把刀悬。

你爹三日未进米和面，

夜夜找到五更寒。

不懂事还不听劝，

娘咋养下你这抗硬性子倔巴男。

［罗天福深感绝望地扔下锅盖，拿起灶台上一瓶酒，仰脖灌下，老泪纵横。淑惠又急忙起身抢酒瓶。

淑　惠　他爹，别再折腾自己了。

［罗天福突然失声痛哭，踉跄走进布帘隔出的内室。

淑　惠　甲成，看把你爹气的，你这一塌火，算是把你爹的筋骨抽了哇！你觉得咱家不行了，没指望了，可我跟你爹几十年，从来没有这种感觉呀，再遇见沟呀坎呀的，你爹都能撑得住，扛得下，迈得过去呀！

罗甲成　（嘟囔地）也活得太窝囊了。

淑　惠　你说啥？你爹活得窝囊？

罗甲成　还不窝囊？还想我们跟他那样活一辈子？无尊严，毋宁死！

淑　惠　你说啥？

罗甲成　你看看他一辈子，教民办十几年，该转正了，让人家一脚给踢了，村长当得好好的，又让人家踹了，吭都不吭一声，还要咋窝囊？

淑　惠　（生怕罗天福听见地）你悄声些。娃呀，既然说到这事，你也想想你爹是咋样为人处世的。他本来再熬两年多，民办教师就够转正年限了，可上边派来了大学生……我以为你爹彻底给打趴下了，谁知新来的老师，竟然是他去山外接回来的。一村人都说他傻，可他说，人家娃是师范大学毕业的，比咱强，人得服人哩，你瞧你爹这做人……

罗甲成　哼，上边要统一给村长发工资了，他窝囊得就让人家撵了。

淑　惠　你说人家要年轻化，你爹五六十岁的人了，腰又不好使，能赖着不让？

罗甲成　哼哼，他高尚，他伟大，可我不想这样活了，太累了，压力太大了，你们放我走吧！

（唱）一切希望看不见，

还扳的什么舵，撑的什么船？

富有的咱几代难以往上赶，

尊贵的咱永远不能去比肩。

毕了业即失业投入万金随风散，

播龙种收跳蚤待到那时更觉冤。

既无果又何必挣挣巴巴去强赚，

服了输认了命浑浑噩噩也安闲。

能过了黑里糊涂过几天，

不过了登高一跳皆了然。

淑　惠　（惊呆）甲成啊，爹娘费这大的气力，把你供养出来，难道就想听你这句丧气话吗？娃呀！

（唱）娘一辈子不信神，

单信你爹这个人。

只要你爹心在跳，

咱家就能往前奔。

莫嫌你爹不富贵，

你爹寸心值万金；

莫说你痛苦压力重，

看看你爹的脊梁就懂得他的痛苦压力有几重。

［罗甲秀上。

［母亲双手颤抖地从一个包袱里拿出医院拍的一厚摞罗天福的脊椎片，让孩子们看。

淑　惠　（唱）这脊梁驮着你们爬山岭，

罗甲秀　（唱）这脊梁挑着我们求学进县城。

淑　惠　（唱）这脊梁几次折损几次接拢，

罗甲秀　（唱）这脊梁就是我们的银行、我们的天空。

罗甲成　（唱）眼望父亲的脊梁心情更加沉重，

脊梁为我们弯曲回报的路径空蒙。

我必须下狠心把父亲的痴梦警醒，

宁愿死决不重复这样煎熬的人生。（再次欲走）

［罗天福掀开布帘，出现在门口。

［罗天福扑通跪倒在儿子面前。

罗天福　你活着吧，你好好活着吧，我投降了，彻底给你投降了，给天、给地、给世事投降了。我啥也不守了，回去先把那两棵紫薇树一卖，都交给你，让你一夜改变一切，只要钱能把这一切都改变了。我投降了，罗天福给儿子投降了！（以头叩地）

［一家人乱成一团，急忙搀扶罗天福。

罗天福　我一辈子不窝囊，养个儿子把我养窝囊了；我一辈子教育人，到头来让儿子把我给教育了。我后悔不该没卖了那两棵紫薇树，让你拿着几十万来西京城风风光光地上大学哇！

淑　惠　他爹！

罗天福　大炼钢铁那年，你爷为保这两棵树，活活吊死在上面，今天看来真是不值得呀！他为啥能用命去护树，是这两棵树保过他父亲一家的命哪，那年发山洪，半个村子都滑走了，罗家就是因为有这两棵树，才固住了老房庄子，这两棵树与老罗家有恩情哪！罗家世世代代都是烧香供着敬着的呀！现在什么不能卖？什么不能挖？什么不能毁呀？我真后悔当村长时，有人要买村里的那片紫薇林，提了半麻袋钱来贿赂我，我竟然一口回绝，没给你把钱收下，让你好体体面面地活人哪，我真窝囊啊！苍天哪，罗天福守不住了，罗天福要放弃了——！罗天福要把一切都放弃了——！（长跪不起）

淑　惠　快，快扶你爹，你爹这脊梁一垮，这个家就彻底完了！

罗甲秀　爹！（扑跪）

［淑惠暗示罗甲成跪，罗甲成仍不愿，淑惠扑通跪地，罗甲成无奈跪下。

罗天福　（唱）呼啦啦一家人全跪倒，

好像是祭坛把魂招。

我真的撑不住想松套，

不守了一切都轻飘。

我也会投机取巧把鬼捣，

我也能靠山吃山把钱捞。

何必要丁是丁，卯是卯，

天底下不单是聚沙成塔路一条。

［黑头唱声出现在画外：

我大，我爷，我老爷，我老老爷就是这一唱，

慷慨激昂，还有点苍凉。

不管日子过得顺当还是恓惶，

这一股气力从来就没塌过腔。

罗天福　（唱）恍惚间我已脊梁断裂形枯槁，

抬眼望突感一家之长不可先折腰。

再锈的铁锁也得往开撬，

这盘棋谁都能走我这个家长不能逃。

孩子呀！

我理解你生活的苦恼，

我懂得你成才的煎熬。

城市让人生活更美好，

城市也让人活得一团糟。

眼花缭乱就会心性浮躁，

好高骛远最易根底脱锚。

心态失衡看事自然颠倒，

急于求成精神愈加浮漂。

我喜欢你追求上进渴慕美好，

我欣赏你读书用功总领风骚。

我失望你过于自尊，偏执孤藐，

缺少定力，微波惊涛，

我痛心你志气输掉，半途折夭，

懦夫溃逃，责任全抛。

有些事你改变不了，我也改变不了，

可命运的缰绳全靠自己挽紧套牢。

如能平心静气点点丰茂，

城市的大舞台定会让你台阶隆起步步走高。

可惜你放任自流心生奇巧，

家贫贫不过你人心锈蚀精神枯凋。

我不是富爸爸难以让你尊贵显耀，

也没觉得打饼谋生就下贱害臊。

不择手段得富贵我宁可穷困潦倒，

凭劳动获取回报最是立得稳、靠得住、扎得牢。

我的孩子呀，

罗家只有这一个传家宝，

不新鲜，不时髦，遭人讥，惹人笑，

可它是千秋的根基万万不敢乱动摇。

罗甲秀　甲成，东方老爷爷给我们算了一笔账，他让我念给你听听……

［院中大槐树下，出现东方雨老人拉板胡的身影，声音慷慨悲凉。

［母亲和父亲开始打饼。

罗甲秀　（喃喃地念出声来，后逐渐转化成一个老者的画外音）孩子，这是我计算的一个方程式，你们自己也来解一解，你爹娘自住进这个院落，三年中，据不完全统计，共打饼一百零八万个，平均每天一千个，一个饼需要近三十个手工动作，三年中，他们为生计共劳作了三千二百四十余万次，刨掉面粉、油、芝麻、大料、木炭、房租、水电等一应成本，每个饼平均利润三分钱，三年中，共收入三万零八百元，全部用于你们的学习生活支出……三年中，你爹娘一共穿过两件新衣服，而你们平均一年三套，你爹娘穿的都是你们退下来的旧衣服……我给你们计算这个，不是想给你们忆苦思甜，只是想让你们关注你们父辈脚踏实地、诚实劳作的身影。我父亲是个铁匠，我从小就计算着他打成一件铁器的工作量，这在我以后的成长中很管用。你们的起点已经被他们用肩膀托得高过了他们许多，孩子，知道羔羊是怎么吮吸母亲乳汁的吗？那种双腿跪地的感恩接纳，才是这个世界上最美丽动人的图画……

罗甲成　爹，娘——！

［罗甲成终于扑跪在正打饼的罗天福和母亲面前。

［一家人喜泪交加。全家人跳起打饼舞。

罗天福　（唱）不求你们成龙成凤，

不求你们显贵尊荣。

淑　惠　（唱）只盼你们爱惜生命，

罗天福　（唱）只盼你们大道正行。

淑　惠　（唱）别怕我们起点低矮家境欠丰，

罗天福　（唱）有指望，有信心，不放弃，不害人，

我们就是最富有的人家最贵气的门庭。

［黑头演唱声再次悲喜交集飘至。

［暗转。

第六场

［两年后。

［西门锁家院落。

［灯启时，西门锁与阳乔已扭打成一团。阳乔拿着菜刀，压住了西门锁。

阳　乔　今天是一场你死我活的斗争，说，把钱给谁了？

［围观者越来越多，夺刀者被阳乔逼退。

阳　乔　说！

西门锁　我就实说了吧，给前妻了，她养着几十个孩子。

阳　乔　养着几十个孩子？

西门锁　她对婚姻绝望后，办了个孤儿院。

阳　乔　老跟你见面的那个骚货是谁？

西门锁　你把刀拿远些我说。她的同事。

阳　乔　她怎么老来拿钱，你们打牌还踩脚？

西门锁　哎呀，你把刀拿远些嘛。前妻病了，是……是乳腺癌……她……她是好心来帮她……

阳　乔　你就一次次把钱往出偷？还打通牌？

西门锁　你……你像母老虎一样，这……这是“逼良为娼”。

阳　乔　你……你这个砍脑壳死的“娼妇”哇！（用刀背吓了一下把人放了）

房客甲　没吓着吧？

房客乙（偷偷给西门锁竖起大拇指）原来是个好哥呀！

房客丙　有情有义！

房客丁　弟服你了！

阳　乔　都在这儿看啥热闹，滚！哎，该交房租了哦。

房客戊　你不能半年涨一回嘛。

房客己　发酵粉嘛。

阳　乔　没办法，人都往城里涌嘛，搭个凉棚也有人租哩。你没看绿豆、大蒜都啥价了，还别说我这货真价实的房子。

房客庚　好一个货真价实呀！

房客辛　五星级。

房客甲　二楼上洗澡一楼泡汤。

房客乙　两口子上床全楼摇晃。

房客丙　昨天电线又着火了。

房客丁　我准备搬哪，害怕火葬。

阳　乔　把你嘴夹紧，不学乌鸦叫，没人说你是哑巴。哎，我这回可是真安电线了哦，给你们那几个新来的小伙子说，再掏出来乱尿，可就真打了。

［刮着光头的金锁被贺春梅领上。

金　锁　爸、妈！

阳　乔　（惊喜万分地）金锁，我的儿子啊！（抱住痛哭）你可把妈想坏了哇！

西门锁　你咋回来了？

贺春梅　娃在里边表现好，提前释放了。

阳　乔　政府好哇，好政府哇！祝贺贺主任哪，我们已经听说了，你都升正主任了，街道办“一把手”，牛成马了！

金　锁　爸、妈，我准备把我开车撞残疾的那个老人接来一起过哇。

阳　乔　哎哎，这个我们要商量，这个我们要商量。走，先回家吃饭。贺政府，走，一块儿到家吃饭去。

贺春梅　不了，你们好好商量一下，老人是个鳏夫，咱们得共同想想办法。

阳　乔　原来你前后忙着把娃往出弄，沟子后头还跟着这一狠招哇。

贺春梅　人被完全撞残了，可怜得很，我们都有责任把他的生活照顾好嘛！

西门锁　有责任，有责任。

［阳乔急忙使眼色让西门锁和金锁走，三人下。

［东方雨老人背着喷药桶上，明显体衰，走路不支，趺跤。

贺春梅　（急忙搀扶）东方老伯，我来吧！

［东方雨老人坚强地登上梯子喷药。

贺春梅　你几次写的关于西京千年大树保护思路，被政府采纳了，这一块就要建文化广场呢，以唐槐为中心，把孔庙、碑廊、藏书阁，全都整合起来了。

［东方雨老人十分欣慰地点点头。

贺春梅　你写的关于农民工应享受市民同等教育、文化、医疗待遇的报告，我已送到市长办公桌上了，他们说你是市府年龄最大也是最尽职的参事。

［贺春梅与东方雨老人边说边喷药下。

［罗甲成、童薇薇上。

罗甲成　就这棵树，老头儿已守了三十多年。

童薇薇　（仰望着树）太让人感动了。

罗甲成　听说老头儿是陶行知的弟子，二十世纪九十年代还在国外学术刊物发表论文呢。后来就一直守着这棵树。你看看这个记事本，老头儿每天都在上面记录着这棵树和这个院子所发生的一切。

［罗甲成从树下拿起东方雨的记事本。两人虔敬地翻阅起来。

童薇薇　（念）经大量史料考证和植物学家探测，这棵树是唐朝贞观年间所植。

罗甲成　（念）有十七次雷劈记载……

童薇薇　（接着念）先后三次火灾，两次地震，造成主干东北倾斜一百零四度，生命支撑力与耐受力为世所罕见……

［罗甲秀上。

罗甲秀　你们在看什么呢，这么津津有味的？

罗甲成　东方老人的手记。你看：（念记事本）在城市化进程中，成千上万农民工蜂拥而来，他们不仅干了这个城市由丑变美的一切脏活儿累活儿，同时还输送了以诚实劳动安身立命的人格精神……

罗甲秀　他是这个城市的大知识分子，在学术界地位很高，但他的良知始终与大地密切相连。

童薇薇　这是我们西京城最深刻动人的故事。我想给老人敬个礼。

［东方老人不知啥时已经上来，在童薇薇敬礼时，又赶忙下去了。

［罗天福与夫人淑惠上。

［罗天福浑身挂满了儿童玩具。

罗甲秀　爹，你这是干啥呢？

罗天福　嘿嘿，接村里的娃们。你们想，我们回到村上，一沟的娃们都喊叫罗老师、罗师娘回来了，我们还能空脚吊手的吗。

罗甲秀　爹，说走就走哇？

罗天福　你办了公司，把千层饼的生意真的给做大了。甲成大学毕业，考上了硕士博士连读，爹和娘的任务完成了，该回去了。我说过，只供你们上完大学，下来的路全由你们自己去走。看，我还弄了个啥？

（掏出一个用红布包着的绿皮本本）

众　　啥?

罗天福　“省级特种大树保护证”。是东方老人帮我办下的。我也回去看树哇！城里的大树有人经管，乡里的大树也得有人看守哇！

[大院突然有人喊：“失火了，电线着火了！”

[大火骤起，迅速铺天盖地。

[一院子人慌忙搬抢着东西。

[贺春梅急忙组织救火。

[东方雨老人在用水枪喷水救人救树。

[合唱：老房子着火呼啦啦，
　　　眼看柱倾梁垮塌。
　　　早上财神还理事，
　　　转眼供桌焚如渣。

阳　乔　天哪！咋烧得这快呀！快、快，我的私房钱哪！

贺春梅　救人是第一位的，里面还有人没有?

阳　乔　不，是文物，求你们帮我抢救文物，在大立柜后面夹层木板里呀！

[金锁反身向火中跑去。

阳　乔　儿子，你不能去呀！

［金锁已冲进火海。

［一根大梁掉下。

［房客甲乙丙丁戊己庚辛冲进去救金锁。

［罗甲成给头上浇下一桶水后，也冲进了火海。

［大火越烧越凶，人们在做着最后的努力。

［罗天福一家人和西门锁一家人几近绝望地向火中扑去，贺春梅与众人奋力阻拦。

［终于，罗甲成和一群农民工托着金锁从火海中逃了出来。

［金锁头顶举着一个袋子。袋子开裂，里面是一摞摞人民币和金银珠宝首饰，还有一个金佛爷。

西门锁　天哪，你还攒了这么多私房。

贺春梅　要不是罗甲成和这些农民工，你儿子差点把命都搭上了。

阳　乔　谢谢甲成，谢谢各位农民工大哥！

［阳乔拿着大把的钱塞给救火的人，无一人接受。

［唐槐烧焦一枝，东方雨老人在拭泪凭吊。众人都随着老人向大树鞠躬。

［这时，准备离开大院的罗天福，突然从包袱中拿出一双皮拖鞋。

罗天福　（对阳乔）娃她姨呀，我们要走了，这是我和你嫂子特意给你买的，意大利真皮的，两千多块，就算是我们住了一场，给你留个念想吧。

阳　乔　（大惊）

［东方老人突然把眼光慢慢移了过来。

阳　乔　（极度尴尬地）这……这是……

淑　惠　你就拿上吧。

阳　乔　不明……不白的，我都没给你准备啥……咋好意思呢。

罗天福　那我就说明了吧。三年前的十月二十八号中午，你在院子丢了一双皮拖鞋，真不是我老罗拾了。可三年多来，它一直像一座山一样，压得我喘不过气呀。我今天就回去了，不想把这个难过带回家去。我和你嫂子跑了几条街，给你买了一双，不知颜色对不对，你就收下吧。

［阳乔突然感到了背后那双犀利的眼睛。回头与东方雨老人目光相遇。

[阳乔向室内跑去。阳乔从家中拿出了那双被烧残的皮拖鞋。

阳　乔　（扑通跪在地上）罗大哥，原谅我吧，鞋我早找到了，可没告诉你。原谅我吧！农民工兄弟们，原谅我们吧！过去有不周到的地方，都请原谅我们吧！（继而给所有救火人磕头谢恩）

罗天福　（无限欣慰地）哦。

（唱）三年心底负重驮，
今日石出水终落。
我想喊，我想歌，
洗清白了比皇帝老子都快乐。
恨你爱你的西京城，
四年的收成比半生多。
包容是你连天接地的气魄，
文明是你千载绵延的品格。
老罗走了，
舍不得这西京的壮阔，
走了老罗，
从此乡村梦中多了西京城讲究的生活。

［这时，一群群农民工扛着各种行李，走进院落。

［众新来的农民工重唱：

我能把饼擀得薄如缎，

我能把面揉得筋似砖。

我能把大料调得香十里，

我能把叫卖声喊得穿过三架山。

［一个新的农民工家庭，扛着与罗天福四年前上场时一模一样的家具上。父亲与母亲的装扮也酷似罗天福和淑惠，儿女酷似罗甲成、罗甲秀。

父　亲　罗村长，你终于完成大业了。我女子儿子也考上大学了，我一家也来西京寻梦了。我专门要租你住过的这间房，就是为了图个吉利呀！

罗天福　（紧紧握住新来父亲的手，百感交集地）好，图个吉利！

［唐槐下，东方雨老人又一次拿起板胡，拉起了慷慨激越的音调。

［黑头咏唱声至，后景区渐变。全场人唱起：

我大，我爷，我老爷，我老老爷就是这一唱，

慷慨激昂，还有点苍凉。

不管日子过得顺当还是恓惶，

这一股气力从来就没塌过腔。

[咏唱中，以唐槐为中心的文化广场出现。

[人影渐成沧桑浮世绘雕塑。

[剧终。

2008年5月一稿于西安

2010年8月二稿于镇安

2010年11月三稿于北京

名家点评

我作为小说作家，面对“陈彦现象”，一个直接的触动就是陈彦对普通人的精神美的发掘、发现和艺术表现，无论面对城市底层的平民，还是面对知识分子集中的人群，还有当下生活潮流中的进城农民工层面，他在完全不同的三种人群中间发现的、集中表现的都是人性中最美的那些东西，精神和心理最崇高、最感人的那部分东西，而且不是以人的社会地位来区分，就是纯粹的精神品质，开掘之深，感人之深，产生这样的艺术效果，真的不多。这三部戏（《迟开的玫瑰》《大树西迁》《西京故事》）都是久演不衰的经典之作。

作家 陈忠实

《西京故事》是一部艺术性与思想性俱佳的现实主义力作，它通过让人们感同身受的情节、故事与人物，触摸到时代真实的脉动，并且引发深层的思考，激励人们在新的时代，在中华民族文化悠远的伦理道德根基上坚守理想，实现自己的奋斗目标。它既有坚定正确的价值导向，同时又塑造了鲜明的人物形象，通过戏剧人物牵动人心的命运起伏，深深地打动观众。《西京故事》是写这个时代的农村人融入现代城市的过程，但它不是那类心灵鸡汤式的浅薄的励志文学，它不想为农村人虚构一个因进入城市而迅速走向成功的神话；相反，它没有回避这个时代面临的凝重的话题。它的重心，在于揭示两代人成功的艰辛过程以及在人们走向成功的强烈愿望背后潜在的危机，让人们警惕罗天福一家的西京梦——这正是我们这个民族的中国梦的缩影——遮蔽下隐隐若现的困局，为了实现这一梦想，除了需要执着，需要勤奋，需要拼搏，还需要更多，那就是需要一盏理想的明灯照耀我们前行。

中国戏曲学院教授，戏剧评论家　傅谨

陈彦创作谈：

装台人与舞台上的表演，完全是两个系统、两个概念的运动。装台人永远不知道，他们装起的舞台上，那些大小演员到底想表演什么，就需要这么壮观的景致，这么富丽堂皇的照亮？而舞台上表演的各色人等，也永远不知道这台是谁装的，是怎么装起来的，并且还有那么多让人表演着不够惬意的地方。反正上帝的归上帝，恺撒的归恺撒，装台的归装台，表演的归表演。两条线在我看来，是永远都平行得交会不起来的，这就是我想写装台人的原因。小说说到底是讲生活，他们在生活，在用给别人装置表演舞台的方式讨生活。他们永远不可能登台表演，但他们与表演者息息相关。当然，为人装台，其本身也是一种生命表演，也是一种人生舞台，他们不因自己永远处身台下，而对供别人表演的舞台持身不敬，甚或砸场、塌台、使坏。不因自己生命渺小，而放弃对其他生命的温暖、托举与责任，尤其是放弃自身生命演进的真诚、韧性与耐力。他们永远不可能上台，但他们在台下的行进姿态，在我看来，是有着某种不容忽视的庄严感的。

长篇

装台（节选）

二十三

顺子这几天接了个佛门新年祈福晚会，人家要在元旦那天晚上演出，舞台就搭在寺院中间，完全是平地而起，所以搭台任务很重。

寺院离西京城还有几十里地，说起来是个老寺院，但“文革”时都烧完了，所有房屋都是新建的。寺院住持为了扩大影响，吸引香客，今年特别搞了个新年祈福晚会，团场还不小呢。

这活儿是寇铁揽下的，寺院住持，是寇铁的一个远房老舅，据说整体晚会投资好几百万元，由当地的几个私营企业老板掏钱，从节目创作到导演、灯光、舞美制作，都由寇铁一手包圆儿。

寇铁给顺子打电话那天还专门说，顺子，这回让你挣几个轻省钱，也算是对上次那台晚会的补偿，他说上次那台晚会，让他亏了几十万，电话里还在骂那帮能说会道的晚会骗子，会死于口腔癌的。顺子以为上次他找瞿团长，硬向寇铁要了那几万块下苦钱，寇铁会生气呢，没想到，又找上他了，还说要补偿，他就连忙说："看寇大主任说的，我顺子还能不知好歹嘛，就今天能吃上这碗下苦饭，还不都是你寇大主任关照的，给多给少，咱就是个下苦的，只是个干嘛，还能给你寇大主任讲啥条件嘛。再说了，你寇大主任，还能亏了我这个烂蹬三轮的嘛，你只管吩咐啥时进场就是了。"

顺子领着他那十几号人，是一大早去寺院的，他们都蹬着三轮，顺子还是把素芬拉在车上。

郊外的空气特别好，刚露出一点头的太阳，金黄金黄的，让每个人的脸上，都有了十分健康的气色，连灰蒙蒙的头发，也像焗过了油一般的温润光泽。这些很难见到天的装台人，突然见了这样的好天气，就忍不住想喊，想唱。甚至连大吊也都唱起了“妹妹你坐船头”来，笑得蔡素芬一个劲儿地拿拳头砸顺子的脊背。

公路很宽，车也很少，大家就都围着顺子骑。与其说是围着顺子，不如说是围着蔡素芬的。一群心闲下来的男人，突然发现阳光下的蔡素芬，是那样美丽，那样楚楚动人，他们常年跟剧团打交道，那里有看不尽的美女，可此时的蔡素芬，跟她们哪一个比起来，也都毫不逊色。长发飘飘的，简直美极了！墩子甚至点赞说：嫂子绝对是西京城的一等美女！他们就比赛起来唱自己会的那些爱情歌曲，让嫂子高兴，也让自己身心愉悦。

素芬乐得不停地捶顺子的背，顺子自然是最愉悦的一个了。他知道素芬有多漂亮，而这么漂亮的女人，是他顺子的老婆，这咋能让他蹬三轮的腿脚不上劲呢？

猴子喊叫：“哥，你是领导呢，多吃多占，车上拉个美女，玩‘车震’哩，你幸福了，你腿脚有劲了，那弟兄们都咋办呢？”

蔡素芬正心疼顺子蹬得累了，已是满头大汗了呢，就一下跳到猴子车上说：“美女归你了，想咋玩就咋玩，车别翻了就行，这下该幸福了吧。”

大家一路都快笑翻了。

他们到寺院时，住持正领着几个和尚，还有几十个居士在做早课，念经哩。顺子他们就傻愣愣站在佛堂门口，朝里张望，有个小和尚过来把他们领开了，说让他们先在院子随便转转，不要影响里面诵经。顺子看佛堂门口的香炉里还冒着烟，就在香炉边捡了三炷香，点燃了，然后很是恭敬地面对“观音大殿”，磕了三个头，嘴里还念念有词的。猴子就在一边撂话说：“顺子是磕头求第四房哩。”蔡素芬脸一红，就有些不高兴。顺子说：“你狗日的猴子，在庙堂里 × 嘴都说不出一句人话来，我是给大家求财，求活儿哩，求四房，给你爷求四房哩。”大吊说：“你要能给猴子他爷求个四房，他爷巴不得在阴间都要给你烧高香哩。”“看你们这些货，在庙里干活儿，还不把脏嘴都夹紧些。”顺子把话刚说完，墩子又蹦出一句来：“我咋看这殿里的观音菩萨雕得像你家韩梅。”顺子急忙说：“可不敢胡说，小心遭报应哩。”

其实，顺子刚第一眼就发现，这个观音菩萨，像他的第二个老婆赵兰香，韩梅除了比她妈赵兰香个儿高些外，脸相几乎没有多大差别。在韩梅还没考上大学的时候，墩子曾经给他说过，想娶了韩梅，韩梅自是不同意了，他当然也看不上墩子。墩子为这事，还跟他置了好长时间的气呢。

顺子他们在院子转着看了看，里边诵经就结束了。住持一出来，顺子就迎了上去，想开口，不知咋叫，叫团长不对，叫经理不对，叫主任不对，叫领导好像也不对，他突然想到了大师这个称号，急忙说："大师好！我是顺子，带人来装台的，寇主任介绍的，说是这里要办祈福晚会，给您老添麻烦了。"顺子一边说，一边打躬作揖。住持未置可否地点了点头，然后给另一个年轻和尚交代了几句，就被几个和尚和居士，簇拥到大殿后边去了。

年轻和尚让他们先到附近村子里去拉铁架子，说舞台设计都看过的。然后他们就拉铁架子去了。等他们拉铁架子回来，寇铁还有舞台设计、导演、灯光，甚至包括音乐设计都来了。住持正在跟他们比比画画地商量着什么。顺子一看，这班底，基本都是秦腔团和歌舞团的，全熟，他就凑到跟前去了。这回寇铁是完全大拿，他那个老舅和尚，把大概意思一说完，他就在现场做了分工，除创作人员继续到偏殿开会外，装台这一部分就算开工了。顺子直到这时才听人把老和尚叫方丈，把庙叫寺院，他找了个空间，急忙把话插了进去："方丈，您老放心，这台，绝对要给您搭得没一点麻达，您老把寺院经管得这么好的，连城里人都来烧香哩，这回祈福晚会再一办，只怕庙堂还得冷尿往大的扩哩。"他有些后悔，怎么无意间就吐出一个脏字来，好在方丈也没正眼看他一眼，就忙别的事去了。

最难装的，就是这种四周无以附着的野台子了，本来乡间也有一些现成舞台，铁架子一拼，木板一铆上，幕布一挂，就能演出了。可这个台，导演要求背景必须是大殿，上大殿的十几级台阶还要利用，说上面还有好多戏呢，装起来就特别麻烦了。主要是不规则，拉来的铁架子只能用一部分，多数都要重新拼接，头两天，基本都耗在找材料上了。顺子和大吊他们回城跑了好几趟，把几个团不同规则的铁架子都租了来，还把电焊机、切割机也拉来了，实在不行的，就当场焊接，直到第四天，舞台才出了个大样儿。这时顺子已经累得腰又弓下了。

寺院倒是管饭，可天天吃的都是素食，吃得蛮饱，不一会儿，就前胸贴住后背了，墩子他们，只好到附近集镇上去买猪蹄子啃。有一天，墩子忘了，把一个没啃完的猪蹄子带进了寺院，让那个小和尚看见了，端直去给住持告了状，住持把寇铁叫去，美美说了一顿，寇铁又把顺子叫去，骂了个狗血喷头，说谁不想挣钱了就滚，寺院里啃猪蹄，是亵渎神灵懂不？他就赶忙把十几个人叫到一块儿，千叮咛万嘱咐的，要求绝对不能把荤腥带到寺院里来吃。其实他也出去给素芬带回来过两个鸡翅，好在吃时没人看见。

晚上，他们就住在观音大殿里，这还是寇铁给住持反复要求后，住持才答应的。本来庙里不同意留宿，可大家回去又太远，耽误事，住持就给提供了几床被子，让在大殿里打地铺。人家咋都不同意素芬住在寺院里，最后是一个给寺院做饭的女居士，带到家里去住了。

顺子一看见大殿里的观音菩萨，就有点激动，越说不敢乱想，却越发觉得这个菩萨好像就是照赵兰香的脸刻下的。晚上住在里面，月光淡淡地从窗户涂进来一抹，隐隐约约的，他看着，就像赵兰香要活着走出来了一样。

他跟赵兰香第一次见面，是在尚艺路布匹批发市场，那时装台的活儿有一下没一下，他就经常蹬着三轮，在各种批发市场门口等货。那天，他与赵兰香相遇，也没有什么特殊的景况，当时，他跟几个蹬三轮的哥儿们正在撂闲话，只听有个女的叫了一声：“哎，三轮。”他们几乎同时把脚放到了踏板上，也同时向声音发出的方向蹬出了第一步，自然，也是同时发现了目标。可那个女人，就偏偏冲他顺子说：“就你。”有人还在往前冲，但那女人很是坚定地把手中的一个包袱，先放在了他的三轮车上。其余的人，就都收住了腿脚。事后他还问过赵兰香：你当时为啥就那么坚决地选了我？赵兰香说，也没啥，就是觉得你更像个蹬三轮的，让你拉货踏实。顺子就想，我哪儿就那么像个蹬三轮的？他当时对赵兰香的印象就是矮，装好货，她跳了几下才跳上车。事后他才准确知道，赵兰香的个子还不到一米六，但脸却长得慈眉善目的，很是有些像庙里的观音菩萨。

那天赵兰香进了一车窗帘布，还有一些尼龙挂钩，子母扣什么的，另外还进了几匹布，那些东西，给他的印象特别深，因为以后的日子，这些就都是他亲自来进，亲自来拉了。

赵兰香是搞缝纫的，她的缝纫摊子，租住在南稍门外的一条窄巷子里。巷子虽然窄，却也繁华，卖啥的都有，生活很是方便，所以这里就有不少租住户。因为这儿离内城近，房租就相对高一点，租房的，大多是在附近的上班族。赵兰香从十几岁就跟人学裁缝，先在汉中的一个集镇上摆摊做衣服，有了丈夫后，就跟丈夫到县城给人做衣服。丈夫是一个技术非常好的泥瓦匠，一直跟着一个包工头干，后来这个包工头到西京城揽上了工程，她丈夫也就领着她还有不满周岁的韩梅，一起进了西京城。那几年，一切都是那么顺心，几乎是想啥成啥，她丈夫觉得是遇见她以后，运气才来的，他说她是他的福星。她也说，是遇见他以后，连衣服扣子都没上错过，而过去，不是袖子上反了，就是熨斗把人家衣服烫煳了，一年总要赔好几件衣服呢。他们甚至都在商量着将来在西京城买房的事了。可突然间，晴天霹雳，她丈夫先是老流鼻血，都没在意，但流着流着，最后就查出是血癌了。把他们两人攒下的一点底子彻底鼓捣完，人就走了。弄得她带着一个几岁的娃，上不挨天，下不着地的。她也想过回老家汉中，可自己的缝纫摊子还开得凑合，不管咋，养活自己和韩梅，还是绰绰有余的。因此，摊子就撑下来了。

顺子与赵兰香相遇，是在她丈夫去世两年以后的事。开始他也没想到，最后能发展到那一步。第一次把那车货拉回去，一卸完，赵兰香连坐都没让他坐，站在门口把钱一清，就打发他走了。他还从身上掏了个纸条，那时也不好意思印名片，都是晚上写一把电话号码揣在身上，遇见合适的主顾了留一张，可他发现，赵兰香连看都没看一眼，就把那个条子随便扔在裁缝案子下了。事有凑巧的是，大概过了一个多月，他又在那儿等货，赵兰香又遇见了他，并且还是说：“就你。”他就又帮着上了货，赵兰香还是跳了几下没跳上车，他就搭了一把手，赵兰香才上去的。事后，几个蹬三轮的还笑话他说，你把那矮婆娘拉到后，是不是亲自抱下来的。

这次卸完货，还是没让坐，但她却主动要了联系电话，说以后就固定请他拉货。果然，又是一月后，电话来了，是赵兰香的声音，她说她今天要进货，问他能不能帮忙拉一下。那天他还确实有事，但为了老主顾的信任，他甚至把那边的活儿让给别人了，自己亲自来把赵兰香“客货两运”了回去。这次卸完货，赵兰香见他热得连头发都湿完了，就在隔壁那家杂货店里要了一瓶冰镇汽水，让他如饮甘霖般地一饮而尽了。他给赵兰香提了个建议，说你要进的货，我基本都知道，以后你也可以不用去了，我直接把货拉到门上，你要不相信我了，也可以货拉上门了再付钱。赵兰香还把他看了一会儿，说，以后再说吧。下次还是先打电话约，赵兰香还是亲自押运，又过了两次，才一切按顺子说的来了。

几乎每隔一个月，顺子就送一回货，有时货送到了，赵兰香要是占着手，他说声下次一起清，就走了。有几次，甚至没隔几天，赵兰香就打电话，不是说要清费用，就是说还想要一点啥货，再零碎，顺子都二话不说，就屁颠屁颠地送来了。这样来往的次数多了，他就发现，这个女人有几天不见，还有点想呢。赵兰香对他也是越来越殷勤，有一次来，是下午的饭口，她端直从锅里拿出了一碗米饭扣红烧肉。他还客气了一下，赵兰香说："不吃了罢，爱饿你就饿着。"那神情，明显是有自家人埋怨自家人的意思，他就香喷喷地吃了。那个香劲儿，他还有些故意做给赵兰香看的成分。

让他们俩真正走到一起的关键人物，还是赵兰香的女儿韩梅，他们认识时，韩梅才四岁多。他每次送货过来，韩梅都要顺子抱着上三轮车玩一会儿。后来，他跟赵兰香来往多了，赵兰香也会在忙乱时，让顺子帮她去幼儿园接一下韩梅。接了几次，他也摸着规律了，就总是在幼儿园快放学时，蹬车子到那附近转悠，有活儿了接一点，没活儿了接韩梅。接着接着，也不知咋的，就把韩梅接成了自家的活儿。韩梅特别喜欢坐三轮，赵兰香有时去接，她还不高兴，这样，顺子就越来越深地卷入了赵兰香母女的生活。

那时菊花上初中，每天他帮赵兰香把韩梅接回来，再蹬三轮回家，把饭煮到锅里，菊花也就差不多该放学回来了。菊花回来吃饭时，他就出去干活儿，要么装台，要么给人家拉货，有时整夜回不来，他就总是担心着菊花的学习和安全。他给菊花配了个小灵通，有急事好给他打电话，有好几个晚上，菊花半夜做噩梦，醒来就哭着闹着要见他，他就觉得家里特别需要一个女人，赵兰香自然而然地，就成了他琢磨的对象。

可他从来没有觉得自己是配赵兰香的，虽然自己是城里人，但毕竟是个蹬三轮的，一天到晚，都只穿着一身蓝布大褂，还脏兮兮的。人家是裁缝，迟早都穿得干干净净的，并且赵兰香里边还爱套个白领子，那领子白净得几乎从来都是一尘不染的。尤其是赵兰香那白皙的皮肤，衬着得体的、熨得四棱见线的衣裤，双肩再十分对称地搭一根白底红字的皮尺，比有些女人戴着名贵项链还让他爱看。他第一次见赵兰香时，觉得这个女人个头是那么矮，头顶只齐他的脖根，上三轮都得搭一把手，可后来，他就不觉得这个女人矮了，甚至觉得还有些高不可攀。但赵兰香对他的好，韩梅对他的依赖，尤其是自己家庭对一个女人的需要，让他终于开始了向赵兰香的攀登。

那是那年的春节，他专门给自己买了一套西服，虽然才一百来块钱，但的确是打了几折的，因为货是他帮人家拉的，人家转手卖三百多块，算是搭着给他批发了一件。家里有一条领带，那还是他哥刁大军有一次从澳门给他带回来的礼物，他只在家里比画过几次，还从来没扎过。他还专门去买了一件特别白的衬衣，又花了好几十块，大年初一早上，一应穿戴齐备，给赵兰香拿了两斤德懋功水晶饼，还买了两斤回民坊上老铁家腊牛肉，给韩梅封了一百块钱的红包，就去赵兰香家了。他没有想到，赵兰香会给他那样热情的接待，见面第一句话是：“你干啥呀，打扮得跟新女婿似的，是去哪儿相亲吗？”他跛子拜年就地一歪地：“哦，相亲哩。”“不知相的谁呀？”“大年初一撞大运哩，撞上谁就是谁。”两人话里有话地说了一会儿，他就一身汗一身水地把那层窗户纸捅破了。没想到，赵兰香连一点高看自己的意思都没有，先说自己是寡妇，你都不怕晦气，又说自己还拖着“油瓶”，是指女儿韩梅，还说自己是乡下人，在城里连针屁股大个立锥的地方都没有，可不敢将来不喜欢了，就把她们母女撵了。顺子就给赵兰香表了半天忠心，事情就说妥了。

那时菊花才十二三岁，他说啥就是啥，加之赵兰香又特别贤惠，没进门，先给菊花做了几身合体的衣服，让菊花在人前突然有了体面。因此，接赵兰香和韩梅进家门那天，第一杯茶，是菊花亲手端给赵兰香的，并且心甘情愿地喊了一声妈。韩梅跟她住在一个房间，那被子也是她亲自抱上楼，并且铺得平平展展的。顺子回忆起来，那是多么幸福美满的几年好日子呀，可没想到，这个女人，真是福薄命浅的主儿，怎么就得了那么样的瞎瞎病，把一罐子蜜糖，很快就打得连碎片儿都寻不见了。

顺子一直盯着大殿里的观音像，想着想着，就睡着了，他做了一个梦，梦见赵兰香从观音像里走出来了，赵兰香还是那样慈眉善目的，却是观世音的穿着打扮，手里也托着个瓶子，走近了看，却是一个她最后一年几乎很少离开的吊瓶。双肩还搭着那个永远都干干净净的皮尺。她端直走到了顺子跟前，说："韩梅就交给你了，娃可怜，没爹没娘的，还求你多担待着点，将来帮她成个家，有一碗饭吃也就行了。"说完，她就走了，他急忙去抓她宽大的袖口，可没抓住，他就醒了。

顺子突然感到手机在振动，一看，有条信息，是韩梅发给他的：“爸，你啥时回来呀，我是不是在这个家里待不成了？”顺子一看，是半夜一点发的，他就给韩梅回了条信息：“咋了？闺女？”过了一会儿，韩梅回了句：“没咋，你先休息吧，太晚了。爸，晚安！”顺子就再也睡不着了。

二十四

韩梅是思想斗争了好长时间，才给继父顺子发那条信息的。她也实在是有些忍无可忍了。这次回来，她就感到家里的气氛特别不对头，她也能猜到，菊花姐可能是为那个新来的女人犯病，但对她的态度，也委实有些让她不能忍受。

先说那条断腿狗，这狗，其实最早是她妈收留下来的，就在她妈查出子宫癌的那天，那条狗突然出现在门口，她继父顺子，几次把狗都撵出了巷子，狗还是一瘸一瘸地回来了。后来，她继父去东郊拉货，甚至把狗弄到三轮车上，一下撂在了东门外，可过了两天，狗又回来了。一家人就有点发呆，她母亲让留下了，说这条可怜的狗，兴许跟咱家还有什么缘分呢，养着就养着吧，反正也不缺这点狗食。继父也说，兴许狗是神仙派来救你妈命的呢。那时菊花姐好像也并不反感收留这条狗，可也不咋待见，她听菊花姐说过这样一句话：还同情狗呢，都有什么资格。断腿狗并没有给母亲带来什么好运，母亲在查出子宫癌后的第二年，还是去世了。都说子宫癌只要切除得干净，百分之九十以上的，都不会有问题，可她母亲，就偏偏成了这不到百分之十的倒霉蛋，扩散了，糜烂了，带着满脸的遗憾走了。母亲快去世时，断腿狗跟疯了一样，在家里狂叫了好几天，甚至用嘴扯着继父的裤脚要出门，继父说，肯定是想见你妈了。她就把狗的事，说给了母亲，母亲说："这狗可怜，不管咋，别扔了，好歹也是一条命。"母亲死在了医院。母亲死时，断腿狗不停地用头撞门，甚至撞出了血。

母亲走后，她有很长一段时间都喜欢搂着这条狗，她觉得狗是通着母亲魂灵的。她去商洛山上大学几年，与狗有些疏远，可每次回来，人还没到，说狗在家里就急了，不是用嘴拽继父的裤腿，就是去用爪子抓门，继父就知道是她回来了。这次她领着朱满仓回来，狗不在，可听继父说，狗在他三轮车里还是叫了好一阵，一问时间，与她进门的时候几乎不差上下，她就越发地爱怜起这条狗来了。可这条狗，不知咋的，就不招菊花姐喜欢，只要挡着她的路，保准给一脚，因此，她无论出门还是回家，狗卧在那里连吭都不敢吭一声。今天她俩的矛盾，就完全爆发在狗身上。

自她领着朱满仓回来，菊花就没跟她说一句话，这是过去不曾有过的，好歹也会吱个声的。她每次从商洛山回来，都会给菊花姐带点啥吃的，要么是山里的新鲜水果，要么是商洛核桃、镇安板栗，或者是红薯糖、柿子饼什么的，反正从来没有空过手。这次回来，她和朱满仓还特意去市场，买了好几样土特产和山里的干鲜果，可交给菊花姐的第二天，她就在垃圾桶里看见了，她害怕是过期发霉了，还特意翻着看了看，好着呢呀。她也再没说什么，就是心里一直硌硬着。她看菊花咋都不理自己，朱满仓走后，她就领着狗，在自己的小房里看书，上网，准备写论文的资料呢。

菊花也一直在她自己房里旁若无人地听音乐，有时好像还跳舞，反正啥时想干什么就干什么。很多时候，那间房里弄出的古怪响动，韩梅都觉得是针对自己的，但她都忍着，她懂得自己在这个家里的地位，人家毕竟是正出，而自己，就是一只拖过来的“油瓶”，何况那根拖线，已经彻底断了，“油瓶”至今还不曾被扔出门，那都是人家发慈悲了。

可忍着忍着，她与菊花之间的矛盾，还是爆发了。

先是她去给人家献殷勤，她觉得不管咋样，这种僵局得打破，不然，早不见面晚见面的，相处太难受。那天她到回民坊上去吃小吃，顺便给菊花也买了几样，那都是过去她们最爱吃的甜点，有剁糖，有南糖，有搅糖，有花生酥之类的，还有羊脸、羊杂。过去继父只要蹬三轮路过坊上，就会买几样回来，让她们打牙祭的。那时菊花姐好像对羊脸、羊杂特别感兴趣。谁知她好心买回来，给菊花端去，菊花正做面膜，脸上只留眼睛、鼻子这四个窟窿朝着韩梅，嘴是全封闭的，但嘴里，还是发出了铁锅崩豆般的利索声音："快快快快快，端出去端出去端出去，臭死了臭死了臭死了，呸呸呸呸呸！"她就端出来了。她几乎感到脸都没哪儿放了，但自己毕竟还是人家的妹妹，脸一抹，就放下了。第二天中午，她在一楼做饭，问菊花姐想吃啥，菊花没理睬，但她煮了几个元宵，还打了荷包蛋，这也是自己母亲过去常给继父和她俩做的饭，谁知她端上楼去，又是一迭连声地"快端出去端出去端出去"，她刚退出门，房门就在她身后哐地甩上了，她试着半边墙都在震荡。她还是忍住了，她觉得自己无论如何，都不能跟她一般见识，自己毕竟是上过大学的人，更何况自己上大学的钱，还都是菊花亲生父亲的血汗。她记得有一次，她跟菊花姐闹矛盾，母亲曾悄悄对她说：“大小事，都得让着你姐一点，你毕竟是擀薄了你菊花姐的饼子呀！”这句话对她印象很深，包括她母亲去世后，她要下狠心上大学，也都与母亲的这句话有关。

终于让她没有忍住的是：菊花踢了断腿狗，并且把好了的鼻血都踢出来了。

好了是啥时去菊花那里的，她一点都不知道，好像刚才还在她的床边卧着。她嫌房里不透气，中午太阳恍恍惚惚出来时，她给房门开了一点缝，好了可能是从门缝里钻出去的。只听好了突然嗷嗷嗷地怪叫几声，明显是被重物撞击后造成的锐叫声，紧接着，就听见菊花臭骂道：“你个小骚货，再进来，看我不把你的四条腿都踢瘸了，你个小骚货！滚，滚远些！”紧接着，好了就从门缝里挤了回来。好了鼻子流着血，不是一条腿瘸着，而是有两条腿都不对劲了。它一进门，就撑不住身子地跌扑在地，打着滚地舔舐那一条新瘸的腿，肚子一鼓一鼓的，里面好像在抽筋，两只眼睛，汪汪地直淌泪，看着好了浑身抖得跟筛糠一样的可怜劲儿，她心里一酸，终于忍不住上门理论去了。

韩梅气冲冲走进菊花房门的时候，菊花正在用鞋刷子擦高筒皮靴，像是准备出门的样子。韩梅一眼看见，那只尖利的皮靴头上，还残留着狗毛和血迹。

韩梅说："姐你咋了，把好了能踢成那样？"

菊花好像有些不相信自己耳朵地："你说啥？"

"我说你咋能把好了踢成那样？"韩梅很坚定地重复了一句。

"哦，你说那个小骚货呀，犯贱，撞到我鞋头上了。"菊花仍擦着鞋。

"你对我有啥不满，就直说姐，何必要欺负一条残疾狗呢。"

"刁顺子连一窝人都养不活了，还养一条断了腿的小骚母狗，还好了呢，真是出了奇了。去去去，别在我面前晃来晃去的，我嫌烦。"菊花说着，一只手还直摆。

韩梅既然开门见山了，也就不想就此打住，她说："你也别指桑骂槐的，菊花姐，我这次回来，也不知哪儿不对了，你就一直这样刻薄我，有话说到明处，我错了也好改嘛。"韩梅还是尽量表现出彬彬有礼的样子。

"你有啥错，啥都有了，刁顺子让你把大学念了，男人也找下了，都到家里来睡上了，还想咋？”

“你少胡说，谁到家里睡上了？”韩梅嘴都快气青了。

“呸呸呸，我还嫌说了恶心。”

“你少胡说，我们是同学。”

“谁稀罕说你那些破事了，哎，这个家，也都快被你们这些外来户掏空了，既然有了男人，就跟着人家走呀，咋还舍不得，是不是还等着将来再分一扇破门烂窗啥的。”菊花终于把最恶毒的话都说出来了。

韩梅气得就不知说啥好了，嘴里直嗫嚅：“你……你咋能这样说话呢，我一直把你叫姐哩，你咋能这样说话呢……”韩梅是真的找不到词了。

“谁稀罕你把我叫姐哩，我妈就生了我一个，我从来就没有什么弟呀妹呀的。闪开，别挡路。”菊花说着，就从房里冲出来，好像是一股气，把房门嘭地自然带上了。韩梅就那样傻站着，直到菊花走出一楼大门，一阵铁皮的哐啷声，才让她缓过神来。她终于忍不住，一头扎进自己房里，扑在床上，哇地哭出声来。

哭了一会儿，她就准备收拾东西离开，她甚至想一气之下，再也不回这个其实已经不属于自己的家了。她想去镇安找朱满仓，可又一想，还是不能去，去了就拔不利了。只有回学校了，学校是她现在唯一的去处。可一切都收拾好了，她又觉得不能离开，一旦离开，也许就再也走不回来了。继父毕竟对自己好着哩，这十四平方米的地方，现在毕竟还有继父保障着。她就又慢慢把行李解开了。她知道继父很忙，也很累，想给继父打个电话，也不好意思打，可等到夜深人静的时候，到底忍不住，还是发了个信息。没想到第二天一早，继父就蹬着三轮回来了。

继父问咋回事，她就哭着把昨天的事说了一遍。好了嘴还肿着，那条被踢伤的腿，也还瘸着，继父就心疼地把好了抱了起来。菊花昨夜一直都没回来。继父那边还忙着，就说带她一起去郊外寺庙里看看，散散心，她想在家里也没法待，就抱着好了，跟着继父去了。

二十五

菊花昨天与韩梅闹翻后，就跟乌格格去铜川玉华宫滑雪去了，“过桥米线”谭道贵开的车，从乌格格与“过桥米线”的亲热程度看，好像他们最近进展很大。菊花就觉得乌格格是彻底完蛋了，到底还是让这么个“公货”俘虏了。“过桥米线”今天特意戴了一顶玫瑰红的西瓜呢帽，把头顶遮蔽得很严实。乌格格却偏要一把揭了帽子，说真实是最美丽的，谭道贵头顶的那缕“过桥米线”，就又耷拉下来了。乌格格乐呵呵地把这缕“米线”辫成辫子，还从菊花头上，卸下个宝石蓝的蝴蝶卡子别着，关键是辫子偏在一边，另半边又极其光秃，那古怪模样儿，一下就把菊花笑岔气了。谭道贵从后视镜中，看了看自己的尊容，不仅没恼，反而笑得本来就肿泡泡的两只眯眯眼，更是严丝合缝得找不着那两条细线了。乌格格喊叫，把你那两道细线拉开点，这可是在高速路上。谭道贵就急忙坐正身子，努力睁大眼睛，继续开着他的路虎前进了。

菊花在想，是什么吸引了格格，竟然就这样一步步陷进去了？她甚至有些庆幸，尽管自己活得很惨，却还没惨到这个份上，谭道贵真的有点让她恶心。她突然又想到了韩梅带回来的那个像高仓健的野小子。那小子，要生在西京城，就是一流的抢手货。韩梅除了漂亮点，过去在她眼中，是个要啥没啥的主儿，就是个拖过来的“油瓶”而已，如今竟然也活成人了，大学也要毕业了，还有人追了，她一想起这些，心里就很不是滋味。不知咋的，韩梅这次回来，她是一百个眼儿见不得了，尤其是带着那个一米八九的“野种牛”在家里走来走去的，她讨厌的程度，就几乎不亚于那个叫蔡素芬的骚货了。好嘛，刁顺子领回一个骚货，你又领回一头种牛、种马、种驴之类的东西，就剩下刁菊花孤苦一人了，而这个家，分明只有刁菊花才是正宗的，如今正宗的反倒没有骚货、野种们活得好，活得滋润，这样的颠倒世事，还能让它继续存在下去吗？其实她也看不上刁顺子那点破财产、烂家当，可刁顺子就这样容留着两个与自己完全不相干的女人，让她不能理解，也无法再忍受下去了。就连那条断腿狗，过去她也没有讨厌成那样，前几年她也抱过，抚摸过，甚至还给它洗过澡，剪过指甲；可现在，这骚货好像也只跟那两个骚货打得火热。这个家，所有活物似乎都抱成一团，在孤立她，并合伙蚕食着她的馅饼，她就不能不进行强势维权了。其实断腿狗并没有走进她的房间，即使门开着，这小骚货也是不会进去的。当时她正准备出门，谁知门打开一看，这小骚货正在她门前的栏杆旁晒太阳，四周楼房阻挡得太阳也只剩下脸盆大一块，从一个缝隙里投射下来，这小骚货就那么精明，刚好卧在那盆阳光中，滋润地享受着那点温暖。见她出门，它只睁开一只眼看了看，就闭上了，全然没有见了韩梅的那股骚情劲儿，甚至连见了蔡素芬那个骚货的热情都不如，她当下就气不打一处来地狠狠给了一脚，接着，又狠狠补了一脚。那两脚真的很重，她知道这条小骚母狗是韩梅她妈让养下的，这狗在顷刻间，就成了这个家所有外来骚货的替代品，她本来是想两脚把它从楼左踢到楼右，然后再从楼梯口踢飞到楼下的，可这小骚货在屁股、肚子挨踢，头颅撞墙的一刹那，还清醒地瘸着双腿，挤进了韩梅的房间，算是躲过了一劫。与韩梅的那几句争吵，出门后半天她还在后悔，觉得当时的话，哪一句都不给力，她甚至想赶回去，把后来想起来的，再狠狠释放一通，可乌格格和谭道贵已经把车开到巷子口了，她就只好上车了。

没想到，一上车，这个名酒代理商就把她逗乐了，甚至乐了一路，比看喜剧都过瘾。车都到玉华宫了，乌格格还是不让谭道贵拆辫子，就那样进了滑雪场，弄得所有人都扭过头来看稀奇。谭道贵是南方人，并不会滑雪，乌格格就让他出尽了洋相。加之谭道贵又是一个特别喜欢表现的男人，明明技术不行，还要爬高上低，一不小心，就从山上摔了下来，人倒是没咋，却由于太胖，生生把裤子崩炸开来，里面一条火红火红的毛裤，就从肥臀开始，一直开裂到堆满了脂肪的如锅一般倒扣着的小腹处，乌格格和菊花生怕把人摔坏了，急忙滑到跟前去看，谁知谭道贵还在讲笑话：“没事，只是把个浑浑的屁股，摔成了两瓣，还能用。”

滑完雪，他们就到附近宾馆登记住宿，谁知今天是周末，从西京城来滑雪的人特别多，标准间都没有了，只有一个大套房还空着，谭道贵就定下了。菊花自然是不愿意了，她咋能当这电灯泡，说啥都要到附近农家乐去住。乌格格坚决不同意，说晚上让谭胖子在外面站岗，谭道贵连忙答应行行行，他们就住进去了。先是去吃了烧烤，外面有些冷，谭胖子就要了些烤好的东西，又去车后拿了红酒、白酒，还有进口啤酒，到房里接着喝。谭胖子这个人，对女人特别耐得细烦，他看乌格格和菊花坐着不舒服，甚至要亲自起身，把几个沙发上的靠垫集中起来，让她们坐靠得舒服了，自己才安生坐下喝酒。谭胖子不仅自己喝，也不住地劝她俩喝。他说，酒是好东西，当然，必须是真的才行，他说这桌上摆的，绝对是真的。乌格格就问，莫非你平常推销的都是假的，谭胖子诡秘地一笑：“胡说！都是真的。来，喝！”谭胖子喝得越来越高了，老要把两只手伸出来，搭在她们两人的大腿上。乌格格只是笑，倒是不咋反感，菊花心里就乌阴得老把腿往回缩。谭胖子确实是个热闹人，也特别会讲笑话，就是有点低级，可乌格格和菊花都爱听。谭胖子讲着还爱比画，比如讲一个和尚偷情的故事，甚至端直学和尚，拿光头去揣乌格格肥嘟嘟的胸脯，让乌格格把他那颗光秃秃的脑袋，拍打得一片乱响。讲一个老公公跟儿媳妇的“不正当爱情”，干脆连儿媳妇叫床的声音都学上了，说瓜儿子和蠢婆婆还以为是猫在喝米汤呢。弄得隔壁的房客，甚至敲起了墙壁，让他们注意别人的感受，说深更半夜的，制造出这种要命的声音来，是应该负责任的。笑得乌格格满沙发上打起滚来。为了逗谭胖子的乐，乌格格甚至把菊花的两个大耳环也卸下来，别在了谭胖子的耳朵上，菊花还有点不高兴，但也没有表现出来，反正也难得这样开心一回。后来，谭胖子就彻底喝醉了，一喝醉，那嘴就更是滔滔不绝了。关键是，他说他十年前也是个烂蹬三轮的，菊花脸先是一红，继而就把这个烂蹬三轮的发迹史听下去了。

谭胖子说，他十几岁就开始给人家蹬三轮送酒，从一车十块钱，一直送到一车五十块，后来发现，蹬三轮里边的一个伙计，蹬着蹬着不蹬了，是发了财了，发的酒财，他就多长了个心眼儿，结果发现了秘密，他也试着做了一车，一卖，挣了一万五，妈呀，平常拉一车是五十块，自己做一车是一万五，不做是傻瓜嘛。一直做到手头有百十万块钱的积累时，他就做起了品牌酒代理商，这个毕竟比纯造假酒安全，反正真真假假，虚虚实实的，弄到现在还没失过手……

谭胖子大概谝到快天亮的时候才睡下，酒喝得最后都尿在裤子上了，乌格格还是笑，菊花好像这次出来才发现，她这个闺密的笑点也太低了。谭胖子在他眼中就一个字：俗。甚至低级。可笑是可笑，但笑儿下，也就笑得很是乏味了，尤其是他自己道出了蹬三轮的出身后，菊花就更是小瞧了这个除一身意大利皮衣光鲜外，哪儿看上去都脏不兮兮的臭男人。菊花几乎见不得谁提蹬三轮这几个字，提了，就让她立即产生一种不堪入耳、入目、入心的感觉。浑身也不自在起来，脸立即发红，耳朵立马发烫，头也抬不起来了。谭胖子在她眼中，形象本来就不雅，再说自己是个烂蹬三轮的，她心中就把这一堆肥肉，鄙视到一个再不能缩小的墙角了。在谭胖子又是放屁，又是磨牙，又是打呼噜地溜在地毯上人事不省时，菊花用脚钩起谭胖子半边脸，硬把耳环拽了下来，甚至还拿到卫生间冲了冲，才放进手包里，要不是纯银的，她都想扔到垃圾筐去。可乌格格听见谭胖子放屁也笑，听见磨牙也笑，听见打呼噜吹气，还跟着模仿起来。菊花就说：你真的喜欢上这个胖子了吗？乌格格说：挺好玩的。菊花说：这有啥好玩的？乌格格说：还不好玩吗？

等乌格格一脚把谭胖子踢起来时，已经是中午了。谭胖子见自己尿到裤子上了，就有些不好意思，问昨晚自己是不是说了酒话？乌格格说：你说了一夜流氓话。谭胖子说：自己就是爱胡说，都是逗两个美女玩的，其实自己是个正经人。乌格格又说：你过去不是说，你是个品酒师吗，昨晚咋又说自己是蹬三轮的了，谭胖子急忙说：瞎说，那是瞎说，酒话，都是酒话，我就是个品酒师，绝对的品酒师。乌格格又吓他说：你昨晚可是说你会造假酒啊，现在还真真假假，虚虚实实的，小心公安逮了你个死胖子。谭胖子当下就青了脸说："可不敢胡说啊，我谭道贵绝对是守法商人，你们在我办公室，都看见过奖牌的，我们老家政府颁发的'十大诚信企业家'，哪还敢造假呀！你们肯定也喝多了，听岔了，是不是，菊花妹子？"菊花有些懒得跟他多说："我啥也没听见。""看看看，绝对没有的事，是不是。"说着，谭胖子又给乌格格做了个鬼脸，乌格格那个十分低的笑点，就又引爆了。

玉华宫最早是一个军营，后来又改成皇帝的行宫；再后来，说《西游记》里的那个唐僧，还在这里译过他从“西天”取回来的经文；再后来，就一直是寺院了。现在里面还住着好多和尚。他们吃完中午饭，谭道贵硬要进寺院里烧香，他说他是见佛就磕头，见庙就烧香的人。乌格格和菊花就随着他进去了。谭道贵果然是见佛倒头就拜，并且还一副念念有词的正经样子，乌格格就又发笑了。谭道贵撅着肥屁股，拜完佛起来，乌格格问他嘴里念的啥？他说：“求财，求平安，求你呀！”乌格格说：“求我咋的？”“求你给我当堂客呀！”乌格格一阵咯咯的笑声后，说：“我给你当妈呀当堂客。”谭胖子就说：“那我就把你叫妈好了，妈！小妈！”乌格格快笑瘫下了，菊花浑身的鸡皮疙瘩都起满了。

二十六

顺子说接韩梅到郊外那个寺院散散心，韩梅就跟着走了。受重创的断腿狗，一见顺子的三轮车，几乎不顾浑身的伤痛，一下就从韩梅的怀里跳了进去。

开始，韩梅坐着继父的三轮，也没有什么特别的感觉，就是两个字：熟悉。熟悉得不用看车厢，就知道起跳的高度。可走着走着，就觉得浑身不自在起来，好像所有投来的目光，都很怪异，虽然天气很冷，但背上却有了虚汗。韩梅从四五岁的时候，就喜欢坐三轮，在继父和母亲还没有什么关系时，送货的顺子伯伯，就把她抱到三轮上，骑着兜过风，当继父把她母亲正式娶回来后，这个三轮，就更是成了她最重要的玩具和出行工具。她甚至至今还记得，当母亲告诉她，她们以后就要到顺子伯伯家里过日子时，她还激动得跳了起来："哦哦哦，以后天天都能坐三轮喽！"虽然继父的三轮已经换过好几辆，但每一辆，哪儿碰了一个窝，哪儿缺了一块漆皮，她都了如指掌。韩梅记得才上学的时候，每天都是继父用三轮接送她，村里还有几个孩子跟她在一个学校，继父就把他们都一起拉着，说给我梅梅也拉几个伴。那时跟继父一起蹬三轮的人，也有用三轮接送学生的，一车拉好几个，听说一个学生一月得付七八十块呢，可继父从来不要，说他只是给梅梅收揽伙伴哩。因为都坐着她家的车，继父又亲自蹬，因而，在很长时间里，韩梅都有一种特别的优越感。后来继父越来越忙，她也学会骑自行车了，继父才接送得少了，只在下雨或下雪天，才用油布裹个篷，把她拉在里边，在滑溜溜的街上，趔趔趄趄地往前跑。她记得，有一次，冰天雪地的，过一个十字路口，继父大概是转得快了点，三轮端直就翻了边，她和几个同学都被倒了出来，继父摔得满嘴是血，可他用袖口一擦，还瘸着腿呢，就急忙给娃们一个个地揉胳膊，检查腿脚，好在谁也没大伤，都还乐呵呵的，继父就翻起车，又一个个抱上去往回拉。等拉回家，去医院一检查，才发现他自己摔断了一根肋骨。韩梅清楚地记得，她上高三时，还坐过继父的三轮，那是她重感冒，骑不了车子，又怕耽误课，继父就来回接送了好几天。直到考大学的那天早晨，还是继父用三轮把她送到考场的，不过远远的，继父就让她下来了，说人家都是用小汽车送，我女儿坐三轮来，丢娃的面子了。可那时，她真的没有那种感觉，就觉得继父能拿自己的血汗钱，供自己上高中，考大学，已经让她感恩不尽了。她始终清楚，自己不是人家的亲闺女。上大学走时，是继父用三轮送到车站的，好几次放假回来，只要她提前给继父发信息，哪怕再忙，继父也是一定要蹬着三轮，到车站去接她的。可不知咋的，今天再坐在这个三轮上，穿过城市再熟悉不过的长安路，就觉得道路两旁的眼睛，如芒刺扎背了。她先是低下头，尽量不与路人的眼睛相遇，可走着走着，还是觉得坐不下去了，屁股也颠得有点痛，她就让继父停了下来。

“爸，拉着我走这么远，让你太受累了。你说在哪儿，我坐公交去。”韩梅说。

“哎哟梅，你还不到一百斤，爸现在蹬个四五百斤，都不咋吃力，拉你就跟蹬着空车子一样，轻飘飘的，一点都不累，你坐你的，爸拉着你，还有劲些。”继父说着又要往前蹬。

韩梅到底还是跳下来了，说：“爸，不能让你太累了，我还是坐公交去。”

顺子从韩梅老想躲避路人的眼神中，似乎也读懂了一点什么，就给她说了地方，并且把坐哪一趟车，在哪儿倒车，都说得清清楚楚了才离开。

等韩梅倒了两次车，找到那个地方的时候，继父和那个叫蔡素芬的姨，已经在公交车站等她了。好了也在车厢里热情地朝她瞭望着。继父说，到寺庙还要走一里多路，叫她还是上三轮。毕竟是郊外，人也少，她就又上车了，她一上车，好了就又扑进了她怀里。素芬姨说啥也不上车，说这儿路有点斜上坡，她在后边还能帮一把。韩梅说也下来走，素芬姨咋都不让。继父猫起腰，蹬得飞快，素芬姨在后边是一路小跑地跟着。快到寺庙时，人渐渐多起来，她就跳下来了。素芬姨已经在她住的那个居士家里，把一切都安顿好了。

居士是个寡妇，老汉去广东打工，弄了几个钱，就跟一个女人在那边生了娃，她知道时，人家第二胎都满月了。庙离家近，她先是给庙里过会、讲经时做饭，后来就干脆做了居士，法号静安。她年龄刚过四十，人很干练，家里也很干净，常有远道女居士来降香时，住个一天半天的，因此，家里就有好几张空床位，刚好能接纳了素芬和韩梅。韩梅开始害怕人家不喜欢她，带着一条残疾狗住进去，谁知静安居士看见狗伤残成那样，不仅亲自抱了抱，而且还咕咕哝哝地给狗念了一段经，说是祈福的，韩梅才放下心来。

寺院过这么大的事，静安居士很忙，素芬姨和继父他们也很忙，韩梅就一人到处胡乱转着看着。她几乎是第一次发现，继父活得如此卑微，见谁都一副点头哈腰的样子。见谁都是“咱就是个下苦的”，一脸想博得天下人同情的可怜相。韩梅小时见他的时候，可没有这种感觉，就是觉得他和蔼、可亲、好玩，别的蹬三轮的，对大人们都是一副巴结的样子，可对小孩儿都凶得很，从来不许动他们的车子，更别说上车去玩了。可顺子伯伯不，他一来，车上就猴上去一群小孩儿，连车子弄翻了，他也不计较，最多说：“你看你们这帮娃捣的哟。”有时还拉着娃们，在巷子里跑一圈才让下来。在韩梅的记忆中，继父的腰板，一直就没挺直过，但也不像现在这样，越发地弓得没了形。一给人点头哈腰，那脏兮兮的蓝布大褂，就尤其显得前长后短了。

让韩梅万万没有想到的是，她那么老远赶来，说是散心的，却看到了那么一幕她咋都不愿看到的惨剧。继父竟然被人抽了耳光，而且还当众给人跪下了。

那是她到寺院的第二天中午，大殿前的舞台，已经有了大样儿，她远远地坐在一个石墩上，晒着太阳，看着一堆残破的石雕。这些石雕都是唐代的遗迹，韩梅从寺院的碑刻上看，这座庙建于唐代开元时期，中途几次毁坏，“文革”时，更是弄得片瓦不存，就连这些残破的石雕石刻，也都是近些年，才从民间淘回来的。所有庙堂，也都是近二十几年新建的，所以，韩梅也就没兴趣多看，只是用手机不停地拍着那些残砖断石，给朱满仓发着微信。而朱满仓也在给她发，不是家里的犍牛，就是家里的肥猪，昨天，他上山砍柴，甚至还在一个洞子里，抓住了一只狸猫，他几乎用微信直播了他们几个小伙子围堵狸猫的全过程。好玩是好玩，可在韩梅心里，总觉得那不是她要的生活。她给朱满仓发这些历史遗迹，似乎就是在提醒朱满仓，她与他是有差别的，她是文明古都西京人。

可就在她正拍发得十分有劲的时候，突然发现，在舞台上，有一个高个子男人，狠狠抽了继父两耳光，继父当下朝前打了几个趔趄，勉强站稳后，还在给人家点头哈腰。她立即站起来，想冲上去，但不知咋的，又停住了。紧接着，他看见庙里最大的那个和尚出现了，也是一脸怒相，她看见继父，突然就跪在了那个和尚面前，并且磕头如捣蒜地头脸抢地。素芬姨急忙上前护着，还是让那个抽他耳光的人，又狠狠地踢了他几脚。这时，和尚又上来了几个，跟继父一起装台的，也上前了几个，两边好像就僵持住了。再然后，还是继父在磕头，在阻挡自己的人，在回话。然后，那个主事的和尚就离开了。再然后，素芬姨就把继父也搀扶开了。她几次想上前，但最终还是没有勇气走上去，直到继父被素芬姨搀到舞台侧面的一个葡萄架下。

她这次来，一直离舞台很远，不像过去那样，总爱凑到舞台上去蹦蹦跳跳，那些年，继父只要带她去装台，那就是她人生最幸福的事情，可自打上了大学，她就再也没有随继父到舞台上去过了。在她的记忆中，继父在舞台上，是还挨过一次打的，那时她十一二岁，那天舞台上正在排戏，继父搬着一片山岩布景往下走，一不小心，“岩石”的尖嘴，撞到了主演的腰上，那主演当下飞起一脚，就踢在了继父的肚子上，继父急忙给人家赔不是，等把布景搬到后台，才窝在一个拐角，肚子痛得脸上直冒汗。韩梅本来在台下看戏，见那主演是用厚厚的靴子踢的继父，就急忙跑到后台，摸着继父汗津津的头，哭着问继父疼不疼，继父说没事，但她从此记住了那个坏蛋主演，她甚至还偷偷放了人家停在舞台后面的摩托车的气。有一次，继父在舞台上搬景，她偷偷从侧台溜下去看戏，这个主演竟然忘了词，她甚至还带头给鼓了倒掌。

但今天，她到底没有走上前去，她不希望别人知道自己是顺子的女儿，尽管继父的手下人，有好多是认识她的，甚至那个叫墩子的，还想娶自己为妻，真是笑话。但这次来，她始终没有去过舞台上，也不想在他们跟前露面。

当事情平息下来后，韩梅是悄悄从寺院里溜出来的。她故意装作什么也没看见，什么也不知道地坐公交离开了。

她给继父留短信说，学校突然让她回去有事。

二十七

顺子咋都没想到，会出这倒霉事，要放在别的地方，这也算不得什么大不了的事，可在这里，那就是天大的事了。

原来庙里的那个小和尚告发说，墩子昨晚睡在观音菩萨像后边，半夜手淫，把污秽物射在了观音菩萨像上。几个和尚去检查，果然发现了不洁物，并且还不少，这事便闹大了。开始大和尚不在，他们一直把事压着，但已认准了墩子这个亵渎者。

墩子是精明人，一看有人老对他指指点点的，并且还不住地在观音菩萨像背后来回穿梭，出来后，脸上都是天塌地陷的表情，他就知道是咋回事了。其实昨晚，他也隐隐约约感觉到，好像那个睡在地藏菩萨神龛前的小和尚，一直在黑暗中盯着自己，但没有引起他的注意，因为自慰这号事，大吊、猴子、三皮他们都干过，他也是睁一只眼闭一只眼的，谁还能把这事当事了。昨天他看见了韩梅，竟然漂亮得让他实在有些把持不住自己了。过去他也缠过顺子，说他喜欢韩梅，可顺子总说，做你的白日梦去吧。他就只能一次又一次地发挥可怜的想象力了。可他没想到，这是在庙里，是在神龛背后，事情可就不一样了。他从那帮和尚愤怒异常的表情看，自己大概把祸闯大了，他甚至看见，有和尚已经给门口打了招呼，门口那个立眉瞪眼的瘦和尚，眼睛从此就盯着他很少离开了。他看风头不对，就假装上茅房，偷偷从茅房旁边的院墙上，翻出去跑了。那面院墙很高，他翻下去时，一只胳膊就折断了，并且恰好是那只制造了幸福欢乐的胳膊，他甚至听到了咔嚓一声响，事后都说他是遭了报应。

告发墩子的小和尚，据说原来是个要饭的，跑到庙里有吃有喝的，咋都赶不走，后来大和尚觉得这孩子也有佛缘，就收留剃度了。刚好大殿晚上得有人续灯油，他就每晚在地藏菩萨像前，铺一床被子，垫半边盖半边的，做了大殿守夜人。由于长期睡在昏暗中，因此眼睛特别好使，据说能看清黑暗中抖动的老鼠胡须，在别人摸门不着的情况下，他突然扔出一只鞋，就能捡回一只砸伤了腿脚的老鼠来，有时甚至是两只，庙里就都把小和尚叫“猫头鹰”了。其实墩子住进来的第一晚上，他就发现这胖子不对劲儿，人家都睡在神像前，那是很吉利的事，许着愿就睡着了，他却偏要睡到神像后边，人家都打鼾了，他还在来回翻拾，后来，被子中间就鼓起来一个包，那个包还不停地闪动，黑暗中，他就看见这个胖墩子脸上，舒服得直抽抽，甚至还发出了吸吸溜溜的声音，他就知道是咋回事了。要饭那阵儿，比他年龄大的叫花子，也这样抽抽过，还说这是人间第一等美事。他也试过，一试就上瘾了。不过，到庙里后，大和尚给他交代的受戒律条中，第一条就是不许手淫，说再弄这事，就会损了功德，念经、修行都是自欺。他晚上就用皮筋勒了双手，几个月过去，也就彻底把这念想断了。没想到，这个装台的胖墩子，竟然在观音神龛背后，干起了这等勾当，护法的责任，让他睁大了本来就奇异的“神眼”。可第一个晚上，那个包正鼓得起劲的时候，突然有人起夜，从他身边走过，那个包就塌下去了，好像是太困乏了，包也再没鼓起来，胖墩子很快就呼呼作鼾了。第二天晚上，那胖墩子累得跟死猪一样，回到大殿，连衣服都没脱，拉开被子，就睡死过去了。第三晚上，他终于把这个坏蛋，死死盯住，并人赃俱获了。关键是这个胖墩子，在最后时刻，为了不污染被子，还把那丑恶的家伙拽出来，喷射出了数尺高的水柱，从两丈多高的菩萨神像的腿弯处，一直降落到了莲花座上，小和尚气得当下就想起来，拿刀割了胖墩子的那吊罪肉，可他忍住了，他知道这大殿住了他们十几号人，搞不好会吃亏的。因此，直到天明，他们都去装台了，他才把庙里的监事叫来看现场。因为大和尚昨天出门发请帖，晚上没回来，监事又叫来别的和尚，都看了，都没经见过，但都觉得这事体特别重大，得等大和尚回来处理。

事情在庙里都呼呼一早上了，顺子他们还连啥都不知道。他一直在舞台底下钻着，老怕舞台垮塌，就给台板不停地加撑子。突然，大吊在上边喊，说是寇铁主任来了，急着找他呢。他满脸糊得跟鬼一样爬上来，见寇铁眼睛都放着绿光，二话没说，就吼叫着他一起进了大殿。观音菩萨像背后，大白天都是黑乎乎的，庙里的监事，还专门拿手电照了照，他看见，好像是有什么东西，冲上去又落下来，这阵儿，灰蒙蒙的神像身上，只留下了一个新鲜的弧形湿印子。然后，寇铁就告诉了他真相，再然后，他就被逼着去找墩子。回到舞台上，大家才发现，墩子两个小时前，说是去上厕所，就再没回来。紧接着，大和尚就出现了，寇铁狠狠抽了顺子两耳光。顺子就扑通跪下，给大和尚磕头作揖，可说啥，大和尚都不依不饶，要求必须把那个罪孽深重的人叫回来，给菩萨烧盘头香悔罪，并且要做法事清除污秽，以净佛门。

墩子跑后，手机就关了，顺子想，也咋都不敢把他找回来，找回来也许庙里这些和尚能把他打死。他嘴上说一定找，可实际上悄悄给墩子发了信息，让他赶快回老家躲躲，最近千万不敢到城里露面，你狗日的手贱，这回把事惹大了。墩子自然是不会露面了，顺子就被当了罪孽深重的墩子，在当天晚上，庙里做法事，清除秽物时，他被第一个叫了进去。叫他的四个和尚，都是寺里魁壮的汉子，有个脸上长满了痦子的和尚甚至还推了顺子一掌。

顺子十几岁的时候，也看见村里有人做过法事，那是一家连着死了三个人，先是七十多岁的老汉病死了，没过半月，老伴也走了，紧接着，孙子又出了车祸，这家就请了一堆和尚来做法事。顺子一边给人家帮忙打火纸，就是用钱模子在火纸上制冥钞，一边看和尚们念经，驱鬼，辟邪。那阵仗，也够大的了，锣鼓家伙一响，甚至把半条街的人都吸引来看热闹了。可热闹是热闹，却没有今天这样隆重严肃，大和尚为了不让事态扩大，让全寺的和尚进来后，就把大殿的门关上了。在吱吱扭扭关上殿门的一刹那，顺子的心里，也咯噔了一下，还不知今天佛门要上啥家法呢。

大吊和猴子他们害怕和尚们打顺子，请求无论如何，都要让他们进去两个人，并且答应都跟着跪香，可大和尚到底没允许。素芬急得在大殿外团团转着，她个女流之辈，就更是不让进去了。素芬甚至给寇铁跪下了，求他一定要救救顺子。寇铁说，没那么严重，这是在庙里，谁还敢把人往死里打呀。不过，从他脸上看，也没啥底，在素芬、大吊、猴子、三皮们不时从大殿门缝朝里窥探时，他也扯长了耳朵，在听里边的动静。

顺子被四个和尚弄到菩萨前，不知谁从后腿弯踢了一脚，他就跪倒在地了。有和尚扑扑簌簌给他头上放了个香炉，他试着有四斤重，他的头，也是能称东西的，多年给人拉惯了货物，无论双手、双脚，还是脊背，也包括这个长成了棱形的头颅，都能准确无误地掂出货物的斤两来，误差基本在半两左右。有一次，上海一家剧团来西京演出，装台时，人家听说他的脑袋、双手、双脚、脊背都能当秤使，就打赌说要见识见识，结果，左手让他掂了一下灯光箱子，右手让他掂了一下服装箱子，都是一两不差。后来又让用左脚掂一圈缆线，用右脚掂一圈铁丝，只有左脚的误差了半两。再后来，又让用脊背试一个装锣、钹、板鼓的箱子，误差也只有半两。最后让他用头顶一个装官帽的软包袱，又是半两不差，那上海人虽然小气，但还是给所有装台人，一人买了一瓶啤酒、一个猪脚，外加一个烧饼。顺子觉得，这个香炉虽然不重，可要顶的时间长了，也是一件要命的事。果不其然，一个和尚拿来了“盘头香”，这东西，顺子也是见过的，是专门用来顶在头上烧的。顶在头上的香，如果太高太长，就无法顶住，所以有人发明了这种“盘头香”，香是用九曲十八弯的回转，把长度与高度，都控制在头顶可以平衡的范围内了，看似不高大，却特别能烧，顺子估计，恐怕得整整烧一夜了。

大和尚先敲了三下磬，然后就带头跪在菩萨面前说：“大慈大悲观世音菩萨，原谅弟子缘浅德薄，侍奉不善，让乡野狂徒，佛头着粪，玷污了菩萨至洁圣体与至尊声名啊……（哽咽无声）今滤尽恒河沙，也淘磨不掉混账尘世涂抹给您的肮脏秽臭；纵滗干恒河水，也冲洗不净轮回畜生亵渎与您的不齿罪恶；吾等残生恐难以修复此番德损，九死不足以悔过自新……现将猪狗不如之狂徒败类，押至佛门净地，上香超度，以求宽慰。六道轮回，畜生只配地狱悔罪，永世不享升天福报，阿弥陀佛！善哉善哉！……”后来，大和尚再诵些什么，顺子就听不懂了。不过他大概知道的意思是，大和尚没有给他念什么好经，为了让菩萨解气，他甚至要让他永世只在六畜道轮回，也该，谁叫他的手下人要玷污了菩萨呢。在他心中，菩萨也是圣洁的，狗日的墩子犯了这号事，下辈子变成让人把鞭割了上餐桌的阉驴都不亏。他顺子弄个连带罪自是活该了。

想着想着，他悔罪的眼泪，还给真下来了，他突然不管不顾地痛哭流涕起来，那哭声甚至盖过了诵经声。他再三再四地给菩萨禀告道：“我刁顺子有罪呀，菩萨老爷，我没管好我的手下呀，那个畜生，他要不改这万恶的毛病，迟早那吊肉，是要烂成一包蛆的呀……这个活该千刀万剐的货呀，你竟敢在菩萨背后动邪念，你今生孤老一辈子，来世生娃也没沟门子呀，你个砍脑壳死的东西，咋不把那吊臭肉，让狗叼去，让你还祸害起神仙来了，你不得好死呀……”虽然那些禀告，甚至把一个离得近些的和尚，惹得差点笑出声来，可在顺子的脸上，还真是一副真诚得不能再真诚的表情，那大和尚的气，也就比开始消了许多。

大和尚又诵了一会儿经，那个监事就过来，让他顶着盘头香，慢慢走到菩萨背后，开始清洗墩子留下的秽物了。有和尚早就准备好了一大铜盆清水，还有擦洗的红布，还有梯子，监事就让他上去清洗。他怕香炉掉下来，想暂时把香炉取下放在一边，谁知监事吼道："香得顶着洗。"他就跟耍杂技一样，慢慢爬上梯子，开始了一套艰难的洗污动作。狗日的墩子，到底年轻，竟然污染了这大的面积，他一边清洗，心里一边骂着，该死的东西，啥地方舒服不得，偏要在这里舒服，真是瞎了一双狗眼。

在他清洗的过程中，和尚们一直在前边大声诵经，诵得整个大殿都有些天摇地动的，顺子连一个字都没听懂。监事和那个小和尚，一直监督着他干活儿，那小和尚甚至能把喷射得很远的星星点点找出来，这样他大概擦洗了半个多小时，监事才请大和尚过来检查，直到大和尚点头后，他才从梯子上下来。监事说："还回去跪着。"他就又慢慢回到原位跪下了。大和尚又领着大家诵了一段像唱一样的经文后，才离开。接着，其他和尚也陆续走了，但大殿里还留着那个小和尚，顺子听见监事在给小和尚交代，让他一直盯着他，不许偷懒，并且要求，每过一个时辰，敲三下磬，到明早香尽，再敲九下磬收场。

人都走完后，小和尚就把大殿门又关上了。顺子他们刚开始进寺院时，这个小和尚对他们还算客气，自墩子的事发生后，他就变得比寺院里所有和尚都更不友善了。他看顺子，甚至一直都是一种十分敌对的目光。关上殿门的小和尚，先是吹灭了几根蜡烛，然后又给菩萨正对着的那个铜油盆里，咕咕嘟嘟添了半盆油，再然后，就打坐在一个蒲团上，闭目念起经来。顺子看小和尚眼睛闭上了，就轻轻活动了一下僵硬的双腿，谁知那双小眼睛连睁都没有睁一下，就喊叫："不许动！"他就再没敢动了。

他想，这事也得亏有个寇铁，要不然，还不知怎么才能结果呢。虽然寇铁抽了他两耳光，还踹了他几脚，但他知道，那都是为了把事情往平里摆哩。大和尚开始好像不想把这事轻轻放下，可后来寇铁反复讲，晚会的请帖都发出去了，舞台上又离不开这帮人，寇铁甚至强调，撇过他们，西京城再也找不到这样一帮能干的装台人了。大和尚迫不得已，也再不说让把墩子找回来的话，就同意他来做替罪羊了。

韩梅离开寺院，还给他发了个信息，可他那阵儿什么也顾不上了，就只能任由她去。也不知韩梅看没看见他挨耳光的事，他觉得如果娃看见了，那是很伤娃面子的事。他都有些后悔，不该让娃来这里散心。韩梅已经成为他人生的骄傲，在他心中，可从来没有是不是亲生的界线，自韩梅考上大学以后，他甚至老想带着她到人前显摆一下，看，这是我刁顺子的二闺女。可韩梅这次来，几乎就没到舞台上走动过，只在寺院周围到处拍照，咋都不到人多的地方闪面，他也就知道娃的心思了。不闪面就不闪面吧，只要娃玩得高兴就行，可娃突然走了，又让他心里结起了疙瘩。

“不许动！”

顺子的确是动了一下，不仅双腿麻得不行，而且脖子也酸痛得有点撑不住了，他见那个小和尚，好像是睡着了的样子，就把身子轻微地朝两边晃了晃，谁知小和尚仍是眼都不睁地发话制止了。他就急忙稳住了身子。

突然，他听见大殿外，素芬和大吊他们在说话。

“这咋行，这样跪一晚上，还不把人命要了。”是素芬在嘤嘤哭着说。

大吊说：“没法子了，我刚还给寇铁说了，人家说再别瞎折腾了，这都是最轻的处罚了。”

猴子说："没事，嫂子，农村给老人过事，谁不是一跪一夜的。"

"可他头上，还顶了那么大一个铜香炉哇。"素芬说。

"咱们那儿孝子也一样，头上有时也顶灰盆呢。"猴子说。

"悄悄给那个小和尚商量商量，看咱们能不能进去，换着顶一下。"这是三皮的声音。

这时，小和尚就起身朝大殿门口走了。他狠劲拉开一扇大殿门，完全是一副大人口气地说："干啥干啥，你们想干啥？这是在做法事懂不懂？惊动了观音菩萨，小心都遭报应。"

"小师父，你看我们的意思是……"还不等大吊说完，小和尚就一迭连声地说："去去去，想得倒美，都让你们舒服了，那菩萨在这个庙里还能显灵吗？"说着，小和尚就要关门。有人就伸进一条腿别着门了，只听小和尚说："你出不出去，不出去我可喊人了。"

顺子是背对着大殿门的，他就急忙大声说："你们都去休息吧，我没事，这里挺暖和的，我给菩萨顶一夜香炉，也是应该的。你们快去，明早活儿还重着哩。"

“把你的腿收回去！还有你的，收，你收不收？快，收！”是小和尚命令的声音。

又过了一会儿，大殿门就又关上了。

素芬还在外面哭，就听大吊他们把人哄走了。自墩子这事出来以后，庙里已经不许他们进所有殿堂了，晚上是在舞台底下，用幕布围一个场子打地铺睡觉。顺子听见外面好像有风，这样的冬夜，舞台底下的日子，肯定也是不好受了。

小和尚灵醒的程度，确实让顺子惊讶。就在他顶着香炉，渐渐有点犯迷糊的时候，突然传来一阵窸窸窣窣的声音，他看见小和尚闭着眼睛，慢慢脱下了一只鞋，停了一会儿，猛地朝大殿的一个角落砸去，只听老鼠吱溜尖叫一声，小和尚立即双手合十，祷告道：“阿弥陀佛，善哉善哉！”很快，他就从那个黑暗的墙角里，捡回一只死老鼠。顺子这几天，也听说了小和尚一些神奇的故事，他甚至有点不相信，可自打小和尚“神眼”抓住了半夜在黑暗中玩鸡巴的墩子，还有这只死老鼠后，他是信了，服了。他想跟小和尚套一下近乎，他说：“小师父这么神的！”“不许说话。”又过了一会儿，他又献殷勤地说：“小师父将来恐怕要成大气候呀！”“不许说话，听见没有。”他就不好再说什么了，这小子，闭目养神的样子，装得比大和尚还老成。

顺子也再睡不着了，怕真睡着了，香炉会砸下来。他就抬眼向上看，想看看菩萨的脸。墩子来的那一天，就说这尊菩萨长得像韩梅，确实有点像，但更像她妈赵兰香。赵兰香就长了这么一副慈眉善目的样子。他自从把赵兰香接回家后，那个“乱猪窝”，才算有了彻底的改变。先是把家里打理得利利落落的，几乎把他和菊花原来穿得变了形的衣服，全淘汰了。他蹬三轮，长年穿着灰不溜秋的劳动布大褂，也是在赵兰香进家门后，才换成了能吸汗的蓝布大褂。她一次就给他做了三件，只要一脏，一出汗，就立马要他换。过去有时他真的不敢往人前站，他知道自己浑身都是一股汗臭味儿，他一到人跟前，人家客气的，把身子侧一下，不客气的，干脆就让他站远些。可自赵兰香到家后，他就再没穿过那种满身都结着汗霜的臭衣服了。第一年过年，她甚至还给他做了一件米色风衣，他说穿不出去，一个烂蹬三轮的，穿出去，别人会笑掉大牙的。可她偏在大年初一早上，硬逼着他穿上，并由韩梅和菊花一边搀着一只胳膊，出去兜了一圈风，感觉好极了。她不仅对自己好，而且对菊花也特别好，自她进门后，就把菊花打扮得像个姑娘了，娃虽然长得丑些，可人凭衣裳马靠鞍，一打扮出来，就是另一副模样了。他总觉得，那几年，菊花还是被赵兰香打扮得出了彩的，她就那么会给娃选布料花色，并且那么会给娃做时新而又好看的衣裳样子。他觉得，菊花在赵兰香死后，就越发丑了，主要丑在打扮上，啥新穿啥，啥露穿啥，有时穿得他都不敢正经瞅一眼。迟早浑身都是片片拉拉、吊吊絮絮的，不是胸口遮不住，就是后背光脊梁，要么就是裤腰短得露着贴了花的肚脐窝，都三十岁的人了，还是十几岁姑娘娃儿的打扮，再加上见天把脸抹得蓝一道，紫一道的，气得他简直一点办法都没有。想那几年，赵兰香把家里捯饬得多么顺溜呀，到现在，他最好最合身最舍不得穿的衣服，还都是那几年她亲手做的。那时家里也特别和顺，菊花和韩梅好得就跟亲姊妹一样，可赵兰香突然就得了癌症，这个家很快就乱成一锅粥了……

赵兰香突然回来了，是穿着她第一次进刁家的那身玫瑰色套装，似红非红，似紫非紫，似蓝非蓝，似黑非黑的，无论小西服领子，还是套裙的周边，都熨得那样妥帖平展。她手里牵着打扮得跟花朵一样的六岁的韩梅。顺子穿着赵兰香特意给他做的藏蓝西服，是打着红色领带，与十四岁的菊花站在门口迎接的。周边有村里人在议论说，狗日的顺子是走狗屎运了，娶了这么精干的女人回来，能守得住吗……赵兰香在玫瑰红套装的胸前，还别着一朵用衣服下脚料做的玫瑰花，做那朵玫瑰花时，顺子是在场的……不知咋的，顺子眼中的赵兰香，好像是从半空飘下来的，落地后，走得特别轻快、精神，她把韩梅交给自己，然后又拉过菊花的手，像佛一样慈眉善目地对他说："顺子，我既然来了，就得把咱家里的日子往好了过，从今后，你的菊花就是我的亲闺女，我的韩梅也是你的亲闺女，只要我们有这双手在，我们的日子，就过不到西京人的后边去……"

嘭的一声，顺子被吓醒了，原来是香炉跌在了地上。那小和尚，拿起一把云帚，就快步走到了他面前。小和尚二话没说，踢了他几脚，又用云帚在他背上狠劲抽了几下。嘴里不停地阿弥陀佛着。这时，顺子已拾起香炉，在往头上顶。那盘燃了一半的香，已断成几截，埋在了倒出来的灰里。顺子不停地给小和尚赔着小心。小和尚说："关我屁事，这是在敬菩萨，你是对菩萨大不敬，你当是啥，小心遭报应。"

大概大殿里也无盘头香了，小和尚就从神龛上找了三根最粗的草香，又给顺子在头顶点燃了。“小心着，再瞌睡，明晚还得重烧。”他就再不敢眨眼皮了。

后半夜，大殿很冷，每隔一个时辰，小和尚就敲几下磬，敲完磬，还会趴在地上，给菩萨深深地磕三个头。顺子看见，小和尚对佛是绝对虔诚的。其实他无论走到那里，见了佛，也是要磕头烧香的，他磕头的原因就是：喜欢佛那种慈眉善目的样子。佛要人向善，不做瞎事，他就觉得佛好。

小和尚对他的跪姿，一直要求很严，到了后半夜，他实在跪不下去了，甚至有一种生不如死的感觉。小和尚就说：“你不好好跪，迟早要遭报应的。这菩萨灵得很。我是看你人好，才想让你得到好的福报，要是瞎尿来烧香，我才不管他咋跪呢。瞎人再跪也白跪。”顺子听了这话，内里来了精神，也就真的觉得跪得不咋累了。实在痛得不行，酸、麻、僵、胀得撑不住，就拼命往好处想，跪好了，家庭就和睦了，素芬就能待下来了；跪好了，菊花就能找个好婆家了；跪好了，韩梅毕业也能找下好工作了；他甚至想到自己今夜跪好了，也能给那条断腿狗好了积点福，让它不再跛了，这样踮着跛着的，毕竟可怜……最后，他的身子是真的不能动了，浑身就跟一截朽木桩子一样，戳在那里，大概一指头就能点倒在地，但他强撑着，撑着，绝不能对神有二心。

终于，天亮了，大殿外的光线，越来越强地从高大的窗户中射了进来。顺子感觉，头顶上甚至有了跳动的光环。他再次抬眼看了看高耸的菩萨像，那菩萨好像是在低头向他注视着，眼睛似睁非睁，似闭非闭的，他突然感到，那是一副很宽容的表情，全然一种啥都不计较的神态，笑得那样舒展，那样不藏苛刻、阴谋、祸心、毒计，他就在心里默念：菩萨保佑，墩子绝对不是故意的，他是个没心没肺的人，绝对没有跟神仙较劲的胆量，二十六七的人了，还找不下媳妇，狗日的是憋不住，水枪自动爆裂了，还请菩萨大人莫要计较小人的过错……

他好像看见菩萨点头了，在阳光的照射下，菩萨比他第一天看见时，笑得更灿烂了。不过，也更像他的第二个老婆赵兰香了，但他不敢说，甚至也不敢这样想，这样想，岂不是在加重自己的罪孽？

“好了，香烧完了，你可以起来了。”

他听见小和尚说完，就扑通一声倒在地上了。

二十八

蔡素芬昨晚一夜都没睡着，她在想着顺子昨天中午突然挨耳光、下跪、遭人拳打脚踢时的那副模样，当时几乎吓蒙了，她一点都不知道是发生了什么事。可顺子完全一副逆来顺受的样子，还没打，他就倒，还没骂，他就磕头如捣蒜，直到晚上，又顶上香炉，缩得跟乌龟孙子一样，给菩萨跪了一夜。她同情，她叹息，她甚至想替他跪一会儿，可庙里不让，她想坐在大殿外，陪陪自己可怜的丈夫，最后，还是被大伙儿劝走了。

她回到静安居士家的时候，静安还在床上，盘腿打坐着，嘴里念念有词。她不想打扰她，就到对面那间房里躺下了。刚躺下，静安居士却过来了。静安居士说："别担心，能给菩萨跪一夜，那是好事，消灾避祸的，平常想跪，人家还不让到大殿里跪呢。"这事刚出来的时候，素芬曾经找过静安居士，想让她去大和尚那里，帮顺子说说话，可那阵儿，静安比大和尚的气还大，说干出这种污辱佛祖的事来，就该遭大辟、下油锅。她甚至说，男人那不洁物，其实生下来，就应该切了喂狗，也免得满世界惹祸生事。她看静安这么愤怒，就再不当着她的面提说这事了。谁知静安这阵儿来，偏还要说，还是骂那个给菩萨身上泄秽的人，她老要问，那个人有多大年龄，有媳妇没有，平常人坏不坏，素芬问咋样坏，她说：“就是爱不爱说脏话，爱不爱在别的女人身上捏捏揣揣的那种？”素芬说她不知道。静安就说：“男人哪，只要腰下边的那吊肉没死，出了门，你就别想他能安生了。”她就又说起了她的那个男人，说平常就爱说脏话，见了女人，腿走不动，并且特别好动手，不是摸人家的奶子，就是揪人家的大腿、屁股，果不其然，出门打工才一年，就给别人把娃种下了。听说现在又跟别的女人搞上了，你说遇上这号万货，谁有啥办法？为了证明她对男人这个动物总体评价的准确，她又讲了附近村里一些男人伤风败俗的事，最终得出的结论是：女人只有出家，远离这些脏货，才能少生是非，少怄闷气。

静安居士走了，她翻来覆去的，咋都睡不着。她倒是不担心顺子跟哪个女人有勾搭，就只是觉得，作为男人，也活得太可怜太窝囊了。她一直深深埋藏着自己的身世，顺子问过几次，她觉得咋都不能讲，也就只好留着自己独自回味了。

她是甘肃人，生在一个远离城市的地方，可她天生丽质，成了那儿远近闻名的一朵花。甚至几个村有点脸面的男人，都争她抢她。她高中毕业后，在村上还当过一年代课老师，另一个老师，为了爱她，竟然让人拿刀削去了半只耳朵。后来，她到底还是让村里最要强的男人死死箍住了，连她也不知是怎么箍住的，反正一天到晚，死乞白赖的，就没离开过她身边，再后来，他就把她带到城里了。她跟这个叫孙武元的男人，在城里待了八年，一直没生娃，后来一检查，是她的问题。吃了好多药，也没啥效果，他家里人就说她是个妖蛾子，让把她休了。可他一直没休，还是找人不停地给她看。孙武元是个性子特别刚烈，眼睛揉不得半点沙子的人，先后跟几个老板都闹翻了，仗着自己体质好，能熬夜，并且还有一身好泥瓦工的手艺，也就不怕折腾，这家干不成了那家干，反正一直都不缺活儿。挣的钱，养活她绰绰有余，就咋都不让她出去干活儿了，说是不放心。他总觉得，好像天下的男人，都特别稀罕他的女人似的，这让她很是憋屈，不过也让她感到幸福、踏实，她一天就翻翻书，看看电视，再到菜市场买点菜啥的，一门心思过着城里人说的，所谓全职太太的日子。谁知后来还真遇上了个孽障，竟然把孙武元的命都断送了。

那是他们邻村的一个人，靠贩药材起家，姓蒋，原来也打过她的主意，甚至还动过咸猪手，把她的胸脯生生捏出一块紫乌来，让她很是骂过几回。谁知这家伙先是倒腾药材，攒下了底子，然后就踅摸到城里，在医院和制药厂之间倒腾起了大生意。说是跟好多医院里拿事的都是哥儿们。那一天，她跟武元，是在一个老乡开的特色小吃店遇上蒋老板的。还没说几句话，蒋老板就叫武元把手头的活儿辞了，说泥瓦匠，红汗淌黑汗流的，撅起沟子干，也挣不下几个钱。他让跟他跑药品，跑医药器材推销，吃香的喝辣的，一月少说也在一两万上说话，搞得好，挣个三五万都是有可能的。说话间，蒋老板的眼睛，就一直在她的脸上、身上胡踅摸。那几天，武元刚好跟盖房的老板有过节儿，特别想离开，当下二话没说，就应承下了。她虽然从蒋老板的眼神里，读出的全是坏水，可又不好对武元明讲，只用脚在桌子底下踩了武元几下，人在事中迷，武元到底没被踩灵醒，就答应明天去公司上班了。

祸事很快就来了。

素芬觉得这事自己确实有责任，如果自己定力好一些，也不至于最后弄到那步田地。蒋老板明明没安好心，她还是让武元去了。武元一去，蒋老板就天天让他去很远的地方谈生意，运药品，经常几个礼拜不让回来。这边，蒋老板就天天来纠缠她，开始，甚至想玩生吞活剥，她很是扇过他几回耳光，也没少踢他的要命处。蒋老板见硬上不行，就又变成软磨，说他这一生，什么都有了，什么都享受了，就是没得到她，想不过，这成他一生的心病了。他赌咒发誓说，这一生不把她揽到怀里，他死不瞑目。她也不敢跟他硬来，毕竟自己男人在他手里，并且收入也确实不错，比干泥瓦匠强多了，她也不想打击武元的积极性。她想，只要自己守住自己就行了。谁知到底没能守住，他不是请吃饭，就是请唱歌，还答应找好医生给她看病。病也确实看了，并且还给她吃了进口药，虽然还是没啥效果，可她在不知不觉中，就觉得欠蒋老板的人情太多，后来，在一次喝了太多的红酒后，就上了人家的床。再后来，就被平素好猜疑的武元发现了，再后来，刚烈如刀的孙武元，就把蒋老板杀死在他办公室了。法院在最后判决孙武元时说：孙犯灭绝人性，手段极其残忍，用一尺五寸长的杀猪刀，将蒋 ×× 连捅二十四刀，并凶狠地割下蒋某的头颅和生殖器，挂在蒋某办公室门头后，扬长而去……

她也被刑拘了几天，但很快释放了。她没有立即离开，一直等着法院把孙武元执行死刑后，她弄去火化了，埋了，才隐姓埋名，来西京城打工的。她在尚艺路劳务市场，找天天工做，又混了半年多。一个单身女人，尽管有时故意不收拾，弄得邋里邋遢的，可还是有人要打自己的主意。她觉得不管怎样，都得有个男人，并且这个男人咋都不能太刚烈，甚至窝囊些最好，反正她这一生，是不想再惹事了。这样，过来过去蹬着三轮的顺子，就进入了她的视野。她先后观察了好几个月，甚至还跟踪过几次，后来把他家里的情况也都摸透了，才开始在顺子来去必经的路口，给顺子有意地抛了几次媚眼。说实话，自打男人被枪毙后，她从来都不刻意打扮自己，就怕引起是非，可自从盯上顺子后，她还是有意打扮了打扮自己，然后就有了那次雨中撞车，再然后，就被顺子拉到家中，生米做成熟饭了。

她开始对顺子真的是特别满意，即使菊花那样侮辱她，收拾她，她也都能忍着、受着，她觉得活着，是那样安全。可慢慢地，她也在怀疑，找顺子是不是一个错误？自己从那样刚烈的男人怀抱，坠入如此孱弱的男人怀里，这种落差，甚至让她每每半夜醒来，都怀疑自己还是不是蔡素芬，还是不是真的活在人间？有几次，梦中惊醒，她甚至还掐了自己几下，以证明自己是真的活着。顺子并不是不喜欢她，可他就是那么一副松松垮垮的身板，连搂着抱着，也是一种拉乏力了的松紧带状，当然，也确实太累，可孙武元也累，但再乏再累，他都能如钢箍般地钳制着自己，连出气，也是不深呼吸就要毙命的。昨天，她看见寇铁打他，踢他，他眼前就突然出现了前男人的影子，要是放在孙武元，早就热血涌顶，出拳就得让对方满地找牙了。可顺子，竟然就那样窝窝囊囊连滚带爬，连磕头带作揖地跪在地上，让人家当软泥团似的捏来踢去了。本来墩子跑了，他也完全没必要替墩子去受什么过，可他好像是有受虐待的癖好似的，就那样自告奋勇地，进大殿顶香炉去了。要是放在武元，这个钱宁愿不挣，也是不会受这等屈辱的。两个男人，就这样一直在她面前来回缠绕着，本来很是平静的心情，就有些不大平静了。

刁菊花绝对跟她是势不两立了，她也做了好多努力，不仅毫无效果，而且有些适得其反，她也只好想方设法地躲着，避着。韩梅倒是懂些礼貌，跟她表面上也算过得去，可心里总还是隔着一层，几乎没有多少体己话可说。韩梅这次在家里跟菊花闹崩了，顺子把她接来，她们一同住在静安居士家里时，韩梅的话倒是多了些，可她又不能多接，那毕竟都是些气话，接得多了，一来跟长辈的身份不符，虽然她心里清楚，她们都没有把她当成什么长辈，可她毕竟是顺子的老婆。二来哪一句话说不好，将来都可能成是非。这种事，她在她们这个年龄段经见得多了，今天突然反目成仇，明天又会好得割头换颈，都是常事，不敢当真，更何况她们还有好多年不是姐妹的姐妹情分。她也从韩梅的话中听出，她是想跟自己结成统一战线的，说实话，那真是求之不得的事，可她又不能说，也不能做，一旦露出这种迎合的意思，家里矛盾就会闹得更大更凶，她是再也不愿看到有什么不测，降临到她的头上了。因此，韩梅再咋说，她都是劝解，疏导，韩梅见从她这里，也得不到什么实质性的支持与帮助，话就少了，总是抱着一本书，你问一句，她答半句地应付着而已。顺子挨打的时候，她远远地，是看见了韩梅的，可转眼之间，韩梅就溜出大门了，过了很久，她收到了韩梅的一条短信："姨，学校突然有事让我回去，我走了。"

那阵儿，顺子刚被大和尚弄去教训完，答应晚上做法事时，由他代替墩子顶一夜香炉。她一直在大和尚教训顺子的那个偏殿门口站着，她害怕和尚们打顺子。顺子是从偏殿大门里退出来的，一边退，一边还在给殿里的大和尚作揖，嘴里千恩万谢着：“谢谢方丈开恩，谢谢方丈开恩，谢谢方丈开恩了！”顺子退出来后，一屁股坐在偏殿旁边的水泥地上，半天没起来。她问：“不咋吧？”“没事，就只顶一夜香炉了事。”他突然从兜里拿出手机来看了看，说：“韩梅回学校去了？”她说：“她给我也发了信息，说学校有事，叫她回去。”停了一会儿，顺子问：“今天这事，韩梅该不知道吧？”她看了看远处的白云，说：“不知道知道不，可能不知道吧。”

“唉，狗日的墩子。”顺子想起这事就直摇头。

舞台总算装好了，晚会也如期举行了。

没想到，会有那么多人，来这么偏僻的寺院看演出。大和尚今天特意披上了崭新的袈裟，出门迎了一拨又一拨的客人，一是各山长老，二是地方官员与官太太们。在素芬看来，大和尚一直都是不苟言笑的人，可今天，面对那些有头有脸的人物，就露出了跟顺子完全没有两样的点头哈腰相。那个小和尚，今天被安排在门口，指挥停放车辆。一辆跟昔日蒋老板开的一模一样的大奔呼啸而来，小和尚硬是拦住不让进，僵持了好半天，小和尚就一副山门神圣、不能擅入的样子，那老板就暴躁得想抽他的耳光。车里还坐着两个美艳无比的小姐，其中一个急忙下来，拦了拦老板，却在小和尚头上弹了一个脑瓜嘣，并在那张十分可人的脸颊上，印了个红嘴唇说："真是个可爱的小家伙，让姐进好不？"小和尚愤然把脸一擦，更是表现出一副声色不动、规矩难变的神情。这时大和尚就出来了，小和尚自是有理八分地指着那个老板和小姐，说他们的不是，他大概是想着大和尚要表扬自己几句的，谁知那和尚二话没说，就啪地掴了他一个嘴掌："瞎了狗眼，滚！"小和尚就被打得一个趔趄让出了门道。旁边有人悄声说，"这是煤老板，大和尚的朋友，这回过事，人家拿了二百万呢。"素芬一直站在一旁看热闹，见庙里也是这等眉高眼低的世事，也就失去了仰望的兴致。

晚会开头，自是大和尚致辞，企业家讲话，其他山头长老恭贺之类的，再后来，就由和尚们诵经开场了。素芬知道，这都是演员们扮演的和尚，她还听导演在后台说，按艺术要求，这些扮演和尚的演员都是要剃头的，可演员们提出，剃头可以，必须一人另加五百块剃头费，否则，这大冬天的，谁也不会把头削成光葫芦。寇铁他们算了一笔账，一百二十人的阵容，即使减成六十人，也还得另加三万块，咋都不划算，更何况导演不同意减人，说人少了没气势，诵经缺乏震撼力。商量来商量去，最后还是决定一人头上戴一只尼龙丝袜，头发实在遮不住的，可以戴两只，一双丝袜才一块钱，成本一下就降下来了。如果为这个节目，专门找一百二十个男的，成本也会上去，最后，他们就让一些伴舞的女演员也上，这样又能省下一笔开支。为了让演员们不穿帮，导演要求把灯光调得很暗，模模糊糊的，更有一种神秘感。果然，和尚们在灯光中一亮相，底下就掌声雷动了。谁知这个节目创新是创新，震撼也震撼了，却因上台的人太多，刚开始一会儿，只听台中咔吧一声响，站在侧台伺候着的顺子立马就反应道："坏了，台子有麻达了。"

顺子和大吊急忙猫腰钻到台下去看，果不其然，他们给舞台底下搭的三角铁撑，让一些在下边钻来钻去的娃娃，刚好把最中间的几根绊翻在地，有两根干脆寻不见了。顺子和大吊就端直扎了马步，用脊背顶住了活摇活动的舞台，上边"和尚们"诵念祈福经文与双脚走动的声音，如天庭滚过炸雷一样，震得他们耳朵嗡嗡直响。素芬就急忙到处去找那两个撑子，三皮也帮着找，最后到底只找到一根，撑上去，还是不稳当，顺子和大吊就只好一直留在舞台下面，应付紧急情况了。

素芬在后台待了一会儿，也看不出啥名堂，就见演员们跑来跑去地串场，再就是换衣服，演了和尚下来，又扮操琴的古代乐人，扮了乐人，下来又换成穿连衣裙的伴舞人。节目就是开头与结尾有几个与佛有关的，其余也都是《让我一次爱个够》《爱你一万年》之类的歌儿。来的歌星，都是十几岁娃娃们追捧的对象，甚至连西京城的中学生都来了好几拨，不是抢着合影，就是一切都不管不顾地扑上去拥抱热吻，甚至还有泪流满面的，说得名气再大，素芬都连一个也不熟悉。后台挤得水泄不通，舞台前边也是人山人海，有的观众，就干脆站在板凳上看了。素芬已经见过不少这种热闹了，也不咋稀罕了，加之院子里空气也不好，她就独自一人从大门出来，顺着麦田往前走着。突然，她发现后边跟着一个人，走近一看，才知是三皮。

三皮也是快三十岁的人了，媳妇在乡下，他一年能回去一趟。由于心细，一直被顺子安排着干些杂七杂八的活儿。顺子第一次带素芬来装台，就是让她跟三皮在一起收拾道具的，因为那活儿轻省。上次搞“金秋田野颂歌”晚会时，顺子又安排她跟三皮一起做饭。顺子说三皮体质弱一些，干重活儿吃不上力，但心细，想事情周全，这个摊子也还离不开这样一个人。三皮一直把她叫嫂子，对她很客气，干活儿也很照顾她，但眼神有时也有些让她不敢正视，他说他眼睛不好使，老戴着一副眼镜，可她总感觉这双眼睛，还是挺灵活的。就在那次“金秋田野颂歌”晚会做饭时，厨房四周没有女厕所，她每次都得到一个沟坎底下去小解。谁知有一次，她刚站起来，迎面就直戳戳地站着三皮，并且眼睛像钩子一样还盯着她的那个地方移不动，她当下呼地搂起裤子，就有些发臊，可三皮说他什么也看不见，是来捡拾柴火生火的，说灶里埋的煤渣熄了。这事她也没跟顺子说，她觉得她是有能力处理好这些事情的。生活告诉她，有些事情，不让男人知道比知道了好。后来她观察，三皮还真是挺老实的，也可能真的是啥都没看见。三皮对她一直还是那样特别关照，她甚至把这个眼睛不太好使的男人，几乎不当成是需要防范的男人了。可让她万万没有想到的是，这个眼睛不太好使的男人，竟然具有那么大的进攻性。

素芬见三皮跟了上来，就说：“你看得见吗？这么黑的，还往外跑。”

“你不是也出来了嘛。”

“我出来，我能看见哪。”

“那借嫂子的手，把兄弟搀一把，兄弟不也就能看见了嘛。”

“再别胡说了，快回去。”

“闷得很，你就让我跟你走走吧。”

素芬看他说得挺真诚的，再加之平常又那么照顾自己，就把他的手牵上了。

开始倒也牵得自自然然的，素芬觉得，就是牵着一个眼睛不太好使的熟人的手而已。谁知三皮开口就说墩子的事，他说：“嫂子你知道不，墩子有一回在后台……玩牛牛，我还见过一回。”

“再别说那事了，怪恶心的。”素芬急忙制止了。

“其实平常……也不止墩子一个人，大吊、猴子都玩，我也玩过，有啥办法呢……”

“你再说，我就把你掀到沟里去了啊。”素芬说着，已松开了牵他的手。

三皮这时浑身已颤抖得不行了，端直说：“我喜欢你……”就又一把抓住了她的手，并且抓得跟钳子一样，让素芬咋都挣不开。

素芬气得就用另一只手抠他："你放不放，我喊人了。"

"喊也没用，这阵儿外面没人。"

寺院里面"妹娃子要过河，哪个来背我吗"的互动声，正让观众拼命地大呼小叫着，素芬与三皮就在院墙背后的位置，那里面刚好放着音箱，震得他们脚下的麦田都在抖动。任素芬再喊，也无济于事了。

三皮乘势而上，一把抱住素芬，跟一匹饿狼一样，就把素芬扑倒在麦田中了。这家伙全然不像平日那种蔫不啦唧的状态，连她也没想到，一头蔫驴，竟然还有如此的血性。她想，硬挣扎，凭自己的力量，大概也能挣扎得脱，但她不想挣扎了，她突然十分平静地撒开手，平躺在了他的身下，她问："我是谁，三皮？"

"你是……嫂子。"

"谁的嫂子？"

"大伙儿……都叫嫂子。"

"为啥都叫嫂子？"

"顺子……年龄大。"

"还有呢？"

"顺子……是……老大。"

"你平常把顺子叫啥？"

"叫……叫哥。"

"你顺子哥对你好不？"

"一码……是一码的事。"

"你只回答，顺子哥对你好不？"

"……好……可……一码是一码的事。"

"不，这是一码事。我是你嫂子，是你顺子哥的媳妇，你顺子哥是你们的头儿。你顺子哥对你很好，看你眼睛不好使，平常那样照顾你，你这样做，对不起你顺子哥，知道不？下来！下来！！下来！！！"

三皮身子一软，就从素芬身上滚下来了。

二十九

从郊外寺院装台回来，顺子在家美美睡了一天。本来还有两车货要拉，素芬看顺子累得又喊叫痔疮犯了，她就干脆把顺子的手机关了，咋都不让去。顺子蒙头睡觉，她就把两人脱下来的脏衣服，一起泡着洗了。

韩梅知道继父今天早上回来，她中午也回来了。其实她根本就没回学校去，只是去中学同学那儿住了两天。那位同学知道她家里的情况，给她出主意说，绝对不能退让，在西京，哪怕占下几平方米的地方，将来一拆迁，都能换回一套房子呢。你一撤退，就啥都没有了。受点窝囊气，与得一套房子相比，当然是得一套房子划算了。韩梅虽然没有那么精确地计算过，她只是觉得在西京城，不能没有个落脚的地方，不能失去了根，至于将来得一套房子的事，还真没想得那么明白。经同学一点拨，她的脑子一下给清晰了，再回家，那持守的信心与勇气，就自然增添了许多。本来她每次回家，都是轻手轻脚地开门，关门，生怕惊扰了菊花姐，一副寄人篱下的神情，今天回来，她突然有了点胆量，竟然把门锁转得啪啦啪啦地响。她一进大门，素芬姨给她打招呼，她就声音很是响亮地应答着，好了扑上来，她也是“哟哟哟哟，看把你亲热的”地高调嬉戏着，进了自家小房，用脚一反蹬，门锁碰上的声音，更是清脆响亮得像是一种叫板。

蔡素芬在楼下，看着韩梅今天回来的一系列神态动作，心里自是明白了几分。不过她还是希望一家人，相安无事为好。本来顺子的蓝布大褂，穿得脏的，是需要用棒槌狠劲捶几下，才能洗干净的，可她硬是没敢捶，就那样一个劲儿地用手干搓着。

一大早，菊花就听见顺子和那个骚货回来了，是轻手轻脚回来的。她昨晚跟乌格格还有谭道贵一起打牌，也是天快亮了才回来，这阵儿睡意刚来，也就懒得理谁地睡了。第二个骚货回来时，又是高声说话，又是逗狗，又是把门弄得一片响的，就把她吵得睡不成了。她的瞌睡本来还没醒，眼睛咋都睁不开，实在是想再睡一会儿，可这个小贱货，自打进门后，就折腾得没停。大冬天的，进了房，竟然大开着窗户，还放起了如急火攻心般的黑人摇滚。虽然没有音箱，可从电脑里直播出的那个刺刺啦啦的声音，高一下低一下的，尤其刺耳。大概是电脑太破旧的原因，那声音，一会儿像是被谁捏住了脖子似的气息奄奄，一会儿又像是下水道被突然疏通般地急流直下，就把她的睡意彻底败坏了。特别令她不能容忍的是，这个小贱人，最后竟然自己也跟着唱上了，要的还是英语范儿，那声音不说像电锯那般穿耳剜心，起码也是夜猫叫春般地令她恶心，她先是顺手操起高跟鞋，朝着小贱人的那面墙，狠狠砸了几下，看没什么效果，就穿着睡衣，端直去踢小贱人的房门了。

“哎哎哎，能不能给人一条活路。”

“谁不让你活了？”

“这样驴喊猫叫的，人能活吗？”

“谁驴喊猫叫的了？”

“你这还不叫驴喊猫叫？人能发出这样的声音吗？”

“你……你欺人太甚了，我没把你咋。我……我好歹把你叫了这么多年姐……”

“打住，打住，你少叫，我已告诉过你，我从来就没有什么妹子不妹子的，叫着让我恶心。”

“你……”韩梅实在想跟菊花交一次火，可当真交上了，又说不出太狠毒的话来，只有好了在汪汪地帮着腔。

菊花先是踢门，韩梅咋都不开，她就站在窗口喊叫：“你立即把这条骚母狗给我扔出去，要不然，我今天非宰了它不可。”

好了还冲她汪汪叫着。

菊花就要破窗而入。

韩梅护着好了说：“你跟狗置什么气呀，你不喊，它还能喊了。”

“我叫它喊，我叫它冲我喊，看我怎么把这些骚货一个个灭了，宰了。”菊花说着，还真的把纱窗呼啦一下撕了，只一纵身，就跃上窗台，嗵的一声，跳进了韩梅房里。两人争夺起了断腿狗。

韩梅发出了声嘶力竭的声音。

正在洗衣服的素芬，急忙跑到房里，把睡得呼哧打鼾的顺子摇醒，说楼上打起来了。

顺子一听，韩梅果然喊得撕心裂肺的，狗也叫得十分瘆人。他胡乱穿起线衣线裤，就跑了出来。顺子刚跑到院子，就听半空中狗在嗷嗷嗷地哭叫着，他抬头一看，好了正挣扎着往下掉，他就朝前扑着去接，地上一滑，让他摔了个仰板，但好了却正好落在了他的怀里。好了紧紧伏在他的胸口上，一动不动，只是浑身还在抽搐着，他急忙用手搂住了。紧接着，他就听见了韩梅和菊花的撕打声。他想站起来，只觉得整个脊背僵硬得无法动弹，素芬急忙来把他往起搀。勉强搀起来了，他一只手还抱着惊魂未定的好了。素芬接过好了，他就试着顺楼梯向上爬。他想爬快一点，他听见那姊妹俩正打得不可开交，这是过去从来没有发生过的事。可他腰上似乎连一点力气都给不上，腿稍一动，整个脊背都痛得要命，但再痛，他还是坚持着爬上去了。

菊花抢着把狗从楼上扔下去后，韩梅就像一头小母狮子一样，发怒了，本来在抢狗时，菊花就有意无意地在她胸前擂了几拳，当可怜的好了被抢走，并扔下楼去后，韩梅胸中的怒火，就彻底燃烧起来了。她一把揪住菊花的领子，就像菊花刚才从窗户里跳进来时一样，整个眼珠子都发红、发烫起来，她怒斥道：

“你凭什么进我的房子？还从窗户跳进来，凭什么？你凭什么？”

“嘿，你把事情搞清楚了，这是刁家的房子，它姓刁，不姓韩，你‘拖油瓶’过来前，这房早都建好了，与你屁相干。”菊花说着，抬起胳膊肘，把韩梅抓领口的手，狠狠拐了一下，但韩梅的手始终未松开。

“即便是姓刁，现在我住着，你也不能从窗户往进跳。”韩梅气呼呼地说。

“既然姓刁，那么我想怎么进就怎么进，我可以从窗户往进跳，还可以从顶上打洞，由天而降，你知道不？这是我刁菊花的权利，你韩梅管不着。”菊花一副咄咄逼人的气势，并且故意把“刁菊花”与“韩梅”这两个人名咬得特别重。

韩梅气得不知说啥好了，但她还在声嘶力竭地怒喊着：“即便是你的财产，在我搬出去以前，你也无权侵犯我的私人空间。”

“好，既然你知道这是我的财产了，那么请你立即搬出去！立即！快！滚！”

说着又狠狠拐了韩梅一胳膊肘，韩梅的手还是没有松开。

菊花看着眼前这头暴怒的小母狮子，内心的无名火，也跟着愈蹿愈高。她已有很久，没有这么近距离地瞅过韩梅了，这个小骚货的鼻梁，竟然是这样高挑，一副饱满的瓜子脸，弄得还真有些像奥黛丽·赫本呢，真他娘的见了鬼了。皮肤也是这样细嫩白皙，几乎每一个毛孔，都在散发着掩藏不住的青春气息。她是学过化妆的，在这样一张脸上，几乎无须做任何特意修饰，甚至连粉都不用薄施，就能似三月的鲜花一样，招蜂引蝶了。一个破裁缝的女儿，一只拖过来的烂“油瓶”，竟然出脱得这样让自己自惭形秽，无地自容，这阵儿，她就想用一块明城墙上的老砖，狠劲拍下去，让那张棱角分明的骚脸，变成一块溜溜平的搓衣板。

菊花终于一拳砸在了韩梅的脸上，顿时，韩梅的鼻腔就血流如注了。韩梅眼前一阵飞花，什么也看不见了，但她的双手还紧紧抓着菊花的领口。菊花在挣脱过程中，又用膝盖，狠狠顶了几下韩梅的小腹，韩梅想用膝盖还击，却怎么也抬不起腿来，她的个头毕竟没有菊花高，她就一下把抓领口的手，倒换到了头发上，她终于薅住了刁菊花足有两尺长的披肩发，只使劲撸了一下，刁菊花便跟杀猪一般号叫起来。紧接着，刁菊花也薅住了韩梅的头发，下手更狠地连连撸着不放。这时，顺子已来到门口。顺子大喊一声："都干啥，都想干啥呢？松手，都松手！"

谁也不会为顺子的这声喊松开手来，顺子只好上前去，把四只如钳子一般的手，往开掰，任如何掰，四只钳子都是越钳越紧，怎么也掰不开。他帮哪一方松手，都只能加重另一方的痛苦，万般无奈，他只好扑通一声，跪在两个女儿面前了："都松松手吧，娃呀，就是路人，也不至于弄到这个份上呀，何况你们还有十几年的姐妹情分哪！爸求你们了，就相互让让吧！爸求你们了，求你们了！"顺子甚至把头磕在地上，发出了嘭嘭的响声，但菊花和韩梅，还是都没有松手的意思。顺子就只好从平日特别听话的韩梅处下手了，他说：“韩梅，你是妹妹，你先松手，爸没有啥事求过你，今天算爸求你了，你先松，好不好，松开，松。”韩梅的手终于松开了，菊花又将手中薅着的头发，狠命拽了一下，才松开离去。

这时蔡素芬刚好进门，菊花就又回过身来撂了一句：“所有骚货，都必须从刁家滚出去，必须！立马！”

“放你妈的屁！”顺子终于忍无可忍地骂了一句。他从地上站了起来。

菊花也毫不示弱回敬了一句：“我就是放我妈的屁，咋了？滚，所有骚货都得滚！”

“谁是骚货，你妈的×，谁是骚货？你让谁滚？”顺子就要冲出门去理论，被素芬一把抱住了。

只听门外菊花喊：“连那只母狗都是骚货，谁是骚货？哼！”随后，就听那边的门嘭地甩上了。

素芬急忙用纸给韩梅擦着鼻血。

地上，散乱地盘曲着一堆头发，菊花是烫成大波浪形的，而韩梅是直板形的，地上的头发，明显直板的要比波浪多。

韩梅号啕大哭起来。

“心也太狠了点。”顺子安慰韩梅说：“别理她，这个家有你一份，你放心住你的，有爸呢。”顺子知道，菊花刚才话里，其实把素芬也是捎带着的，他就又补了一句：“只要我在，就是好了，也都算是家里的一口子，谁也别想往出撵，谁就是撵出去，我也是要找回来的。哼，真格还没王法了。”他故意把声音喊得很大。

素芬就说：“没那降虎的哨棒，就别瞎缭乱，看缭乱起来了，你能制服住不？”

“哼，看她真格还能翻了天了。”

顺子站在门背后，还干号着。

那边音乐声就起来了，仍是龚琳娜的《忐忑》，那种锐叫声，一下就把顺子的号叫声淹没了。

这天晚上，家里又发现了蚂蚁搬家。

蚂蚁是从西边那个窄洞里，往东搬，它们也不知怎么选择的路线，竟然要绕上二楼，然后从二楼的一个豁口翻墙出去。大概是有蚂蚁钻进了菊花的房里，气得菊花起来，烧了一铁壶开水，一路淋下来，制造出了成千上万只蚂蚁尸体，第二天早晨，顺子起来，看见蚂蚁那尸横遍野的样子，心里直打寒噤。他一边扫着蚁尸，一边叹息说：“这娃心太毒了！太毒了！”

三十

韩梅真的是需要很好地打理一下自己的生活了，到底该怎么走，她得给自己定出一个方向了。她首先想到了律师，必须从法律上，给自己找到一个依据。这在过去，是从来没有想过的事。她五六岁，跟着母亲来到这个家，由开始不适应，到适应，再到忘记过去，彻底只记得这个家，这个唯一的家。十五六年过去了，怎么就突然又被严正指出，这不是自己的家了，那个租住的裁缝铺，才是自己的家，自己只是个拖来的“油瓶”，甚至跟断腿狗一样，是个必须滚蛋的骚货。

她知道继父并无赶自己的意思，继父甚至是爱自己的，尽管爱的方式粗放了些，但他在自己与菊花的天平上，是没有亲疏之分的，有时甚至还更加偏向自己，这是她心里非常清楚的一点。可继父在这个家里，又明显害怕着菊花几分，尤其是在娶回蔡素芬后，就理亏得几乎完全说不起话了。她甚至想，要是蔡素芬不来这个家，也许她与菊花还闹不到这种程度，可问题是蔡素芬来了，并且比自己关系更特殊地揳进了这个家庭的心脏，人家与男主人，是心心相印、相濡以沫、如胶似漆等的日同茶食夜同眠的关系，而自己越来越像个胆囊、赘瘤，甚至指甲，切了也就切了，剪了也就剪了，消除了，蒸发了，也丝毫要不了这个家庭的命。

韩梅是跟菊花撕抓完后出门的，那时鼻血还没有完全止住，鼻子明显肿着，蔡素芬要领着她一块儿到医院拍片子，害怕鼻骨打折了，可她没让，她坚持要自己去。继父就硬给她口袋塞了一千块钱。

出了门，她先去医院看了看，大夫检查后说，是软组织损伤，给里面清洗了一下，又开了点药，她就离开了。

她突然那么思念起乡下的朱满仓来。最近朱满仓老给她打电话，发信息，她都没好好接，也没好好回，还是怕陷得太深。其实她心里，还是蛮想朱满仓的，这阵儿尤其想。

她想起在学校时，有一天，她和朱满仓跟另外几个同学，一起到二龙山水库去玩，大家都下水游泳时，她和不会游泳的朱满仓，就在岸上给大家看衣服、看行李。她看见别人嘴里在吃黄澄澄的杏，就说，自己嘴也酸了。朱满仓二话没说，就跑到两里路外的水果摊子上买去了。谁知她被三个刚上岸的油皮小子盯上了，他们一人只穿着一个三角裤头，都一副雄性威猛的样子，却讪皮搭脸的，硬纠缠着要一人抱她一下，说还没见过这么漂亮的妞，并且一再解释说，就抱一下，谁抱两下都是猪，还说谁有邪念了，谁下辈子也托生猪，或是被人劁了做太监。其中一个个头矮些的，还油腔滑调地说：只要是人，他就无法忍受这种与人间至美擦肩而过的悲痛。吓得她一边拼命喊叫，一边往后退，但他们还是嬉皮笑脸地硬贴了上来。这时朱满仓跑回来了，一下护住自己，那种毫无畏惧的神情，至今都还深深铭刻在她的脑海中。虽然那三个人，也并没再做出任何非礼的举动，只是其中一个浑身文满了龙爪的高猛小子，拍了拍朱满仓的肩头说："看你瓜瓜的，艳福还不浅哪！"然后三个人就笑着走了。韩梅在那一刻，突然觉得，朱满仓就是自己的守护神。今天刁菊花从窗口跳进来那阵儿，她第一个想到来保护自己的，不是继父，而是朱满仓，唯有朱满仓在场，她才可能得到真正的保护。

她给朱满仓拨通了电话。朱满仓自然是兴奋得有些快哭的感觉了，他说他在给牛栏出粪，就是把牛粪从牛栏铲出来，然后拉到地里，等来年春上点苞谷时好用。朱满仓问她在干啥？她竟然脱口而出，说了声：“想你了！”她可从来都没有给他说过这种暧昧的话。朱满仓那边语言就有些哽咽了，他说，那你来我们这儿吧，可好玩了，这儿昨天下了一场雪，漫山遍野都是一片银白，美极了。他还说，他立马来接她。她没有表态。他又说，她要是不来乡下了，他问他来西京城行不？她还是没有表态。那边信号实在太弱，朱满仓说，他都上到家门口的核桃树顶上了，但通话还是不停地中断，她就把电话挂了。

韩梅找到了一家律师事务所，那位中年律师很热情。她咨询了一下自己家里的这种情况，谁知律师回答很干脆，说：“你有与你姐相同的财产继承权。法律上规定，生子女，养子女，有抚养关系的继子女，都享有父母的财产权。”律师还特别说，“你五六岁就来到这个家里，是继父把你抚养大的，这就叫抚养关系。如果十八岁以后，再来这个家里，就不具有抚养关系了。”他还问：“你要打官司吗？我替你打，只要像你说的那样，就绝对是赢官司。”

韩梅说，现在还不需要，但以后也许会来找他。

韩梅从律师事务所出来以后，又接到了朱满仓的电话。朱满仓说，他咋觉得，她情绪有些不正常，他说他连夜就来西京城看她。她阻止了，她说她好着呢，但朱满仓说，他已经把衣服都换了，准备去车站呢。她十分坚决地说：“不许这样。”她说她有好多事要办，很忙，没时间接待老同学，然后就把电话挂了。

挂了电话后，韩梅就信心满满地回家去了，那是刁菊花的家，也是她韩梅的家，她在法律上，终于找到了支持的依据。

名家点评

像中国旧小说一样，某种程度上也像狄更斯一样，《装台》有一种盛大的“人间”趣味：场景的变换，社会空间的延展和交错，世情与礼俗，感性的喧哗……

现代小说常常空旷，而《装台》所承接的传统中，小说里人头攒动，拥挤热闹。《装台》的人物，前前后后，至少上百，大大小小，各有眉目声口。大致上是以刁顺子为中心，分成两边，一边是他在装台生涯中所打交道的五行八作、人来人往，另一边是他的家庭生活，特别是通过他女儿菊花牵出的城中村的纷繁世相、形形色色。两边加在一起，真称得上是呈现了“广阔的社会生活”。

所有这一切，构成了刁顺子的生活世界，这世界带着如此具体充沛的重量，每时每刻都在向他证明他是多么渺小，多么脆弱，又每时每刻向他索取，向他提出严苛的要求。他小声地、谦卑地与这个世界、与自己争辩着，因为同时，他又总能在这个烟火人间找到活下去而且值得活的理由。

在根本上，《装台》或许是在广博和深入的当下经验中回应着那个古典小说传统中的至高主题：色与空——戏与人生、幻觉与实相、心与物、欲望与良知、美貌和白骨、强与弱、爱与为爱所役、成功和失败、责任与义务、万千牵绊与一意孤行……

中国作家协会副主席，文学评论家，作家　李敬泽

《装台》是陈彦继《西京故事》之后的又一部长篇力作。与《西京故事》多声部复杂呈现世间百态众生万象，从肯定性意义上复调回应时代的精神疑难不同，《装台》单线聚焦西京城的装台人，写他们的喜怒哀乐悲欢离合，在日常生活面临内忧外患的复杂纠葛中的坚守与挣扎，血泪相和的辛酸无奈与自我改变的软弱无力。从主人公刁顺子出发，社会的一个属于“沉默的大多数”的群体闯入了我们的文学世界。他们的真实生活和生命状态，不唯表征着这个繁盛时代被遮蔽和遗忘的生存群像，也内在地彰显着中国文化精神的另一面相：在生之意义和存在的自我省察所不及处，一个普通人应该如何生活。在体制闭合、社会板结的生存情境下，普通劳动者刁顺子的艰难生活和尊严所系，也是身陷庸常琐屑的生活事项，内外交困、身心俱疲的当代人的存在状态的真实写照，他们既无宗教救赎的精神维度，亦无中国传统文化所持存之生存观念为价值依托，面对宗教与文化思想的双重缺席，被隔绝于历史的宏大叙述的个人生活因此矛盾重重苦无所寄。这无疑是这个时代作家应该直面的重要精神问题。而剥离掉现代性启蒙话语的重重阻隔，从人之为人的意义上深入思考当代人的生存境况，内在地回应我们时代的精神疑难，是《装台》的意义所在。

中国现代文学馆特邀研究员，陕西师范大学文学院教授　杨辉

陈彦创作谈：

在《主角》中，我是想尽量贴着十分熟悉的地皮，把那些内心深处的感知与记忆，能够皮毛粘连、血水两掺地和盘托出。因为那些生活曾经那样打动过我，我就固执地相信，也是会打动别人的。

主角看似美好、光鲜、耀眼。在幕后，常常也是上演着与台上的《牡丹亭》《西厢记》《红楼梦》一样荣辱无常、好了瞎了、生死未卜的百味人生。台上台下，红火塌火，兴旺寂灭，既要有当主角的神闲气定，也要有沦为配角，甚至装台、拉幕、捡场子的处变不惊。我们是自己命运的主宰，但我们永远也无法主宰自己的全部命运。我想，这就是文学、戏剧要探索的那种吊诡、无常吧。

戏曲故事总是企图把历史演进、朝代兴替、人情物理、为人处世一网打尽。因而，唱戏是娱人，唱戏更是布道、是修行。我笔下的忆秦娥也许因文化水平不高，只知其然，不知其所以然地唱了大半辈子戏，但其生命在大起大落的开合浮沉中，却能始终如一地秉持戏之魂魄，并呈现出一种“戏如其人”的生命瑰丽与精进。唱戏是在效仿同类，是在跟观众的灵魂对话；唱戏也是在形塑自己，在跟自己的魔鬼与天使短兵相接、灵肉撕搏。

《主角》当时的写作，是有一点野心的：就是力图把演戏与围绕着演戏而生长出来的世俗生活，以及所牵动的社会神经，来一个混沌的裹挟与牵引。我无法企及它的海阔天空，只是想尽量不遗漏方方面面。这里是一种戏剧人生的进程，因为戏剧天赋的镜子功能，也就不可或缺那点敲击时代地心的声音了。

长篇

主角（节选）

二十四

一九七八年农历六月初六那天，剧团院子里，突然晒出了几十箱稀奇古怪的衣裳。伙管裘存义说：那就是老戏服装。

那天，裘存义格外活跃。一早起来，就喊叫易青娥、宋师、廖师帮忙给前后院子拉绳子，绷铁丝。说是六月六，要晒霉呢。奇怪的是，连门房老汉，也积极地到处扶梯子、递板凳地忙活起来。并且还一个劲儿地让把绳子、铁丝都绷高些，说要不然，服装就拖到地上了。绳子、铁丝绷好后，裘伙管又叫了好几个年龄大些的男学生，到伙房保管室的楼上，用绳子放下十几口灰突突的箱子来。然后，都抬到了院子里。门卫老汉就用抹布，一一抹起了箱子上的灰尘。裘伙管说："六四年底封的箱。十三年了。"门卫老汉说："可不是咋的。"然后，他们就开箱了。

箱子一打开，当一件件易青娥从来没见过的戏服，被裘伙管和门房老汉抖开，搭在绳子、铁丝上时，她惊呆了。那些抬箱子的学生也惊呆了。廖师老喜欢抄在围裙里的手，也抽出来，拉着一件件衣服，细翻细看着说："这老戏服，还就是做工精到。你看看这金绣，看看这蟠绣，今天人，只怕打死也是绣不出来了。"易青娥知道廖师是裁缝出身，所以对针线活儿特别上眼。宋师问："老戏又让演了？不是说是牛鬼蛇神吗？"廖师急忙接话说："你看过几出老戏，还牛鬼蛇神呢，相公小姐也是牛鬼蛇神？包公、寇准也是牛鬼蛇神？岳武穆、杨家将也是牛鬼蛇神？宋师，你还是麻利烧火去，让娥儿在这儿，给裘伙管帮一会儿忙。早上吃酸豆角臊子面，还得弄点油泼辣子。没辣子，这一伙挨球的，吃了还是嘟嘟囔囔的嫌不受活。油泼辣子一会儿我来掌做，你把辣面子弄好，放在老碗里就对了。"宋师就去了。

这天早上，剧团满院子都挂得花枝招展、琳琅满目的。不一会儿，一院子人就都出来了。大家把这件戏服摸摸，把那件戏服撩开看一看，忙得裘伙管和老门卫前后院子喊叫：只许看，不许摸。千万不敢乱摸。说这些戏服，十几年本来就放荒脱了，再用汗手摸摸，拽拽，立马就朽蚀了。他们一边赶着人，一边用手动喷雾器，给每件戏服都翻边喷着酒精。

大家无法知道，这些戏服都是什么人穿的。不仅盘龙绣凤、金鸟银雀，而且每件几乎都是彩带飘飘的。官服肚子上要弄个圈圈，说是叫“玉带”。那上面果然是缀着方圆不等的玉片的。尤其是有一种叫“大靠”的戏服，说是古代将军打仗穿的，背上还要背出四杆彩旗来。有人就问裘伙管，这样穿着多麻烦，打仗不是自己给自己找抽吗？

裘伙管说：“这你们就不懂了，穿上这个，才叫唱大戏，才叫艺术呢。戏服是几百年演变下来的好东西，每件都是有大门道的。”

有人抬杠说：“那现代戏服装，就不是艺术了？”

裘伙管说：“现代戏才多长时间，撑死，也就是四十几年的事情。不定将来演一演，也会演变出跟生活不一样的戏服呢。但现在，穿上起码没有这些真正的戏服好看。”

“扯淡吧你，让现代人，穿上这大红大绿的袍子演戏，还不把人笑死了。”有人说。

这时，老门卫插话了：“娃呀，你是没见过，穿上这些衣服，演戏才像演戏，演的戏才叫耐看呢。”

黄主任这时也到院子里来了，问是谁让晒这些东西的。裘伙管说，他自己要晒的。黄主任问：“为啥要晒这些东西？”裘伙管说：他从广播里听见，有些地方已经在演老戏了。黄主任又追问：“哪些地方？”裘伙管说：“川剧年初都演折子戏了，我在四川有个师兄来信说的。还说中央大领导让演的。并且领导就是在四川看的。”黄主任就不说话了。

在这以后的日子里，剧团慢慢变得让所有人几乎都不敢相认起来。尤其是进入当年秋季后，大家都明显感到，黄主任说话渐渐不灵了。他喊叫开会，总是有人迟到早退。他在会上批评人，有人竟敢当面顶撞说：“都啥时代了，还舍不得‘四人帮’那一套。”黄主任开会就慢慢少了。

这期间，剧团最大的变化是：有几个人突然跟变戏法一样，从旮旯拐角里钻了出来。并且还逐渐演变成院子的大红人了。

第一个就是裘伙管。

谁都知道，裘存义就是个管伙的。并且抠斤搜两，一院子人也都乱给他起着外号。后来易青娥懂事了，才知道“球咬蛋”“球咬腿”，都是骂人的狠话。反正剧团的伙食一直办得不好，群众就老有意见。据说有几年，内部贴大字报，“炮击”得最多的就是裘伙管。有时，还有人给他名字上打着红叉。说他是世界上头号贪污犯，把灶上的好东西，都贪污了自己吃，让群众恓惶得只能舔碗沿子。说归说，骂归骂，反正也没搜出啥贪污的证据。并且裘存义这个人，吃饭每次都是最后去。打的饭菜，一定要拿到人多的地方吃。菜里肉片子金贵，他就让不要给他打。糊汤、米饭锅巴稀罕，他也从来都不去吃一口的。因此，就一直还能把管伙的权掌着。中间，据说也让他靠边站过。结果弄上来个人，才管了三个月，大家反映还不如“球咬腿”，就又让他“官复原职”了。直到六月六晒霉以后，易青娥才知道，十三年前的裘存义，其实不在伙房，而是剧团管“大衣箱”的。易青娥也是后来才弄懂，“大衣箱”，是装蟒袍、官衣、道袍还有女褶子之类服装的。因用途广，工作量大，且伺候主演多，而在服装管理行就显得地位特别突出。而武将穿的靠、箭衣、短打，包括跑龙套的服装，都归“二衣箱”管。还有“三衣箱”，是管彩裤（演员都要穿的彩色裤子）、胖袄（有身份的人物穿在里面撑衣服架子的棉背心）再有靴子、袜子啥的。还有专管头帽、胡子的，就叫“头帽箱”。再就是管化妆的了。管“大衣箱”的裘存义，据说早先也是演员，唱“红生”的。后来“倒仓”，嗓子塌火了，就管了“大衣箱”。“文革”那几年，“二衣箱”“三衣箱”和头帽、胡子，都让烧得差不多了。而他把“大衣箱”弄得东藏一下，西藏一下的，倒是基本保留了下来。直到六月六晒霉，大家才知道，宁州团的老底子还厚着呢。

第二个变戏法一样的人，就是门房老汉了。

他叫苟存忠。多数人，平常就招呼他“嘿，老头儿”。也有人叫他苟师的。易青娥没听清，还以为叫“狗屎”，是骂人呢。因为大家都不太喜欢这个老头儿，说他死精死精的，眼睛见天睁不睁、闭不闭的，看门就跟看守监狱一样。有时还爱给领导打小报告。背地里也有称他“死老汉”“死老头儿”的。就在六月六晒霉后，大家才慢慢传开，说苟存忠在老戏红火的时候，可是个了不得的人物，还是当年“存字派”的大名角儿呢。他能唱小旦、小花旦、闺阁旦，还能演武旦、刀马旦，是“文武不挡的大男旦”呢。在附近二十几个区县，他十几岁唱戏就“摇铃了”。当了十三年门卫，他一直弄一件已经说不清是啥颜色的棉大衣裹着。有人开玩笑说：“死老头儿”的大衣，都有“包浆”了，灰不灰，黑不黑的，算是个“老鼠皮色”吧。大衣的边边角角，棉花都掉出来了，他也懒得缝，就那样豁豁牙一样掉拉着。自六月六晒霉后，“死老头儿”突然慢慢讲究起来。夏天也不拿蒲扇，拉开大裤衩子朝里乱扇风了。秋天，竟然还穿起了跟中央领导一样的“四个兜”灰色中山装。并且风纪扣严整，领口、袖口，还能看见干干净净的白衬衣。脚上也是蹬了擦得亮晃晃的皮鞋。尤其是头发梳得那个光啊，有人糟蹋说，蝇子拄拐棍都是爬不上去的。一早，就见苟存忠端一杯酽茶，一只手搭在耳朵上，“咦咦咦，呀呀呀”地吊起了嗓子。还真是女声，细溜得有点朝出挤的感觉。

第三个突然复活的怪人，是前边剧场看大门的周师。

后来大家才知道，他叫周存仁。跟苟存忠、裘存义都是一个戏班子里长大的。平常不演出，剧场铁门老是紧闭着。也不知周存仁在里边都弄些啥，反正神神秘秘的。据说老汉爱练武，时不时会听到里边有棍棒声，是被挥舞得呼呼乱响的。可你一旦爬到剧场的院墙上朝里窥探，又见他端坐在木凳上，双目如炬地朝你盯着。你再不下去，他就操起棍，在手中一捋，一个旋转，嗖的一声，就端直扎在你脑袋旁边的瓦楞上了。棍是绝对伤不了你的，但棍的落点，一定离你不会超过三两寸远。偷看的人，吓得扑通一下，就跌落在院墙外的土路上了。周存仁也是六月六晒霉后，开始到院子来走动的。往来的没别人，就是苟存忠和裘存义。他们在一起，一叨咕就是半夜。说是在“斗戏”，就是把没本子的老戏，一点点朝起拼对着。戏词都在他们肚子里，是存放了好些年的老陈货。

再后来，又来了第四个怪人，叫古存孝。

同样是“存字派”的。据说当年他们“存字派”，有三十好几个师兄师弟呢。师父给“存”字后边，都叫的是“仁、义、礼、智、信”“温、良、恭、俭、让”，还有“孝、悌、节、恕、勇”“忠、厚、尚、勤、敬”这些字。好多都已不在人世了，但“忠孝仁义”四个字，倒是还能拼凑出一个意思来。他们就把古存孝给鼓捣来了。这个古存孝，来时，是穿了一件黄军大衣的。大衣颜色黄得很正，很新，里边还有羊毛。照说他来时，才刚打霜，天气也不是很冷，可古存孝偏就是穿了这件大衣来的。说穿，也不确切，他基本是披着的。并且还动不动就爱把双肩朝后一筛，让大衣跌落到他的跟班手上。古存孝来时，身后是带着一个跟班的。说是他侄子，一个叫“四团儿”的小伙子，平常就管着古存孝的衣食住行。都说古存孝是“存字派”的顶门武生，也能唱文戏，关键是还能“说戏”。“说戏”在今天就是导演的意思。据裘存义说，古存孝肚子里，存有三百多本戏。现在是到处被人挖、被人请，难请得很着呢。他之所以来这个团，就是因为这里有他的兄弟苟存忠、周存仁、裘存义。

裘存义夏天就放话说：古存孝可能来宁州。易青娥那时也不知古存孝是谁。但老一辈的都知道：古存孝十几年前，就是关中道名得不得了的大牌角儿了。西安易俗社都借去演过戏的。但社里规矩大，他受不了管束，就跑出来满世界地“跑场子”了。裘存义只说古存孝要来，就是不见来。到了秋天，裘存义又放话说：古存孝可能要被一个大剧团挖走了。还是没人搭理。据说，裘存义在黄主任耳朵里，都吹过无数次风了，可黄主任就是不接他的话茬。黄主任那段时间，每天都在翻报纸，听广播，研究《参考消息》。用后来终于扶正做了团长的朱继儒的话说，黄正大那阵儿是真的迷茫了，活得彻底没有方向感了。再后来，古存孝憋不住，就自己跑来了。他一进裘存义的门，说了不到三句话，就把黄大衣朝“四团儿”怀里一筛，精神抖擞地要见黄正大同志。裘存义说不急不急，自己又去央求黄主任把人接见一下。可黄主任就是不见。说古存孝气得呼呼地又要走，怨自己是背着儿媳妇朝华山——出力不讨好。他说像他这样的人才，现在都是要“三顾茅庐”才能出山的。谁知自己犯贱、发轻狂，屁颠地跑来，还热脸煨了人家的冷屁股。把老脸算是丢到爪哇国了。苟存忠、周存仁、裘存义几个劝来劝去，才算是把人勉强留下。裘存义一再说，你不信就走着瞧，老戏立马就会火起来的。一旦火起来，你古存孝就会成领导座上客的。

那一段时间，剧团里真是乱纷纷的，连灶房里一天都说的是老戏。廖师过去在大地主家做裁缝，是看过不少戏的。好多戏词，他都能背过。加上裘伙管又是里里外外地张罗着这事，连古存孝吃饭，都是他亲自端到房里去的。廖师聊起老戏来，就更是劲头十足了，他说他最爱看相公小姐戏，有意思得很。他还老爱谝那些“钻绣楼”“闹花园”“站花墙”的段子。不知哪一天，突然听说黄主任不咋待见老戏，也不咋待见那几个“存字派”的老艺人，他就说得少些了。要说，也就是说给易青娥听。他说：宋光祖那个喂猪的脑袋，也不配懂戏，叫他喂猪去好了。廖师掌握大厨后，最大的新招，就是给厕所旁边拦了个猪圈，喂了两头猪。他说剧团单位大，泔水多，让别人担去喂猪可惜了。他就让裘存义逮了两个猪娃子回来，交宋师喂。他倒落了个想干事、会干事、能干事的名分。

反正那一段时间，剧团里啥都在翻新。不仅易青娥感觉廖师和宋师的换位，让她急忙不能适应。就连练功、排戏这些日常事情，好像也受到了老戏解放的影响。裘存义听着功场里学员们的响动，甚至说：“娃们恐怕都不能再这样往下练了。现在这些‘花架子’，想演老戏，是龙套都跑不了的。恐怕一切都得从头来呢。”易青娥也不知老戏的“功底”到底是个啥，反正听他们说得挺邪乎。每个人，好像都有了一种恐慌感。郝大锤几次在院子里喊叫：

“牛鬼蛇神出洞了，你们都等着看好戏吧！”

果然照裘存义的话来了，半年后，古存孝就大火了起来。听裘存义说，虽然黄主任到底没请他，也没亲自接见他，但安排让副主任朱继儒去请古存孝了。并且还让炒了菜，喝了酒。全国都开始排老戏了，宁州剧团是一推再推。黄主任老是靠在他那把帆布躺椅上说："不急，不急。等一等再看，等一等再看。"终于，再也等不下去了，报纸上、广播里，都在说啥啥剧种，又恢复排练啥老戏了。关键是县上领导也在过问这事了。黄主任才让朱副主任出面，去看望了一下"老艺人"。他吩咐说：

"能弄啥戏了，先弄一折出来，看看究竟再说。"

他还要求：尽量要弄人家弄过的戏，千万别整出啥乱子来。

宁州剧团，从此才把老戏解放了。

二十五

剧团再变，别人再红火，易青娥还是个烧火做饭的。不过现在还添了一件事，就是喂猪。两头猪都不大，可特别能吃，一天得喂好几顿。虽然廖师明确了，喂猪主要是宋师的任务，可宋师有时真的忙得抽不开身，易青娥就不得不去帮忙。喂猪用的是两只铁皮桶，宋师一手能拎一只，里面还把猪食装得满满的。她拎半桶，都很吃力。宋师经常不让她拎，就是要去喂，宋师也会先把猪食拎去，才让她慢慢去喂的。

自易青娥进厨房做饭开始，她和宿舍的同学，就有了一种很奇怪的关系。先是都劝她说：做饭好着哩，比唱戏强，再唱还不是为了吃饭。现在连饭都做上了，不就一步到共产主义了吗。她也懒得理。她懂得人家话里的意思。这是人家活得占了优势，活踏实了，活滋润了，才能轻松说出的不牙痛的话。要是让她们谁去做饭了，你试试看，不把剧团闹个底朝天才怪呢。可她闹不成，她舅蹲着大狱的。有的同学，还指望着易青娥执掌了厨房，学生就有了代言人，打菜、打饭就不会故意给学生打得少，打得差些了呢。大家老议论说：廖师这个家伙，每次打菜都眉高眼低地看人呢。有时眼看打菜勺子的边沿上，搭着一片好肥肉，就看你是谁了，长得漂亮的、顺眼的，啪的一下，就扣到你碗里了，那片肥肉一准掉不了。可到了不顺眼人跟前，勺子沿沿上只要有肥肉，就总见他的手在抖，在筛。他三抖两筛的，那片肥肉就跌到盆里了。有时，那勺子好像长了眼睛一样，在菜盆子里还乱拱哩。肉菜、好菜，能一伙拱到勺子里，扑通，就给他特别待见的人扣上了。有时，那勺子也在拱，但拱进去的都是菜帮子、萝卜皮、腌菜秆。啪地扣进你碗里，气得你还毫无办法。你给他白眼，你骂他，下次那勺子，就会在菜盆里拱得更凶了。尤其是一些长得不咋待见人的女生，对易青娥进灶房，先是寄托了希望的。后来发现，易青娥也就只能烧火、刷锅、洗菜，打饭、打菜的勺子，她几乎连挨都挨不上。每到吃饭时分，灶房就用砍刀别了门。要是上肉菜，包饺子，还会撑根顶门杠。易青娥虽然能在里面待着，也就是给廖师、宋师递递擦汗的毛巾，抹抹案板、砧板，做点细末零碎活儿而已。连收饭票，都是宋师的事。大家也就对她不做任何指望了。

易青娥一直住在宿舍靠门口的地方。她起得早，睡得晚，加上上班时间也完全不一样，因此，跟大家见面的时候不多。可晚上，毕竟是要在一起睡觉的。开始，有人嫌宿舍一股葱花味儿。有的说是蒜味儿。有的说是蒜薹味儿。有的说是腌菜味儿。反正说这些，肯定都是指向她的。她就尽量洗了再进房。即使是大冬天，她也要烧一盆水，在灶门口那里，闩上门，搭上香皂，把身上反反复复搓几遍的。可再搓，还是有人说。尤其是有了那两头猪，大家的反应，就不是葱蒜、腌菜味儿了，而是说的泔水味儿，馊味儿。楚嘉禾每晚睡觉，甚至还戴上口罩了。她看在宿舍实在住不成了，就想搬出去。

胡彩香老师几次说，让她搬到她那儿去住。可她咋能去呢？她倒是看上了一个地方。又怕裘伙管和廖师不同意。

这个地方，就是灶门口。

那是一间很大的房，除了烧火，还能支个乒乓球案子。据说过去上班时，就有人偷偷在里面打过乒乓球。后来让领导知道了，才把案子抬走的。一个过去能堆几十捆柴火的地方，又有窗户，还没人来，自然对她是有很大吸引力的。她曾经跟宋师提过。宋师说：恐怕不好，咋能让娃住灶门口呢。在农村，讨米娃才住人家灶门口的。怕说出去不好听。再说也危险，着火了咋办？可易青娥坚持要去住。她就又给廖师说，廖师也不同意。廖师说："你是单位职工，单位职工就应该有住房，怎么能住灶门口呢。这对我们伙房的革命职工也是很不公的。我才管这摊事，别弄得我这个大厨脸上无光。"过了一段时间，易青娥见裘伙管有天特别高兴，说是邻县剧团全都上演老戏了，还说："捂不住了，谁都捂不住了。"易青娥就跟他说，她想到灶门口去住。这样烧火做饭也方便些。裘伙管还到灶门口看了看，说不行。主要是不安全，失了火，他这个伙管负不起责任。易青娥还真有点犟，看谁都不同意，宿舍也实在将就不下去了，就自作主张，搬进灶门口了。

她是晚上快十二点搬进去的。大冬天，院子里早没人了。她把宿舍里属于自己的那块床板一拆，拖进了灶门口。她把床支好后，还到后台的烂布景堆里，找出一块硬片子景来，遮挡了遮挡。一个完全属于自己的小世界就形成了。她还生怕弄得太好，让人看见，又给她开会，说她搞资产阶级特殊化呢。

已是隆冬了，外面风刮得呼呼地响。她把窗户也用一块布景挡了挡，风就刮不进来了。关键是三口大锅的三个灶门洞里，有两个都还埋着明火的。整个房子，都是暖融融的。比宿舍强多了。在宿舍里，大家都用的是电热毯、暖水袋。她没有电热毯，只有一个暖水袋，还是胡老师给的。集体宿舍开间大，加上她又住在门口，门迟早裂个缝，暖水袋把脚煨热了，腿却是冰凉的。在这里，把暖水袋朝脚底一放，浑身热得能冒汗。

这天晚上，她做了一个好梦，好久都没有做到这样的好梦了。易青娥梦见，她回九岩沟了。她放了一群羊，有几百只，不，是几千只。一沟两岸都是羊，全都是她家的羊。她数啊数，越数越多，咋都数不清。羊把她包围着，开始，她的脚是站在地上的，后来，羊就把她抬起来了。她在羊身上躺着，滚着，好柔软、好暖和的。后来，不知咋的，她也变成了一只羊。所有的羊，都围着她这只羊转。她说到东山上吃草，就都朝东山上走；她说到西山上吃草，就都朝西山上跑。山上有吃不完的草，可绿可嫩了。吃完草，它们就都卧在坡上晒太阳。太阳太暖和了，晒得每只羊的毛，都是金灿灿的。后来她娘来了，她爹也来了，她姐也来了，问她咋变成羊了？她只笑，不说话，并且笑得很灿烂。娘让她快变回来，姐也说让她快变回来。爹却说，娃只要高兴着，就让她当羊去。她就一直当着快乐的羊了……

易青娥从快乐羊的世界醒来，是宋师来烧火，把她叫醒的。宋师说："娃咋到底搬来了？不过也挺好的，暖和，就是要防火。这毕竟是灶门口。"后来廖师也问她："你到底还是搬了？咋能不听话呢？"她反正就那脾气，你再说，她只勾着头，用指头戳着鼻窟窿，用后脚尖踢着前脚跟，死活不回话。廖师只好说了声："还没见过你这号一根筋的娃娃。”紧接着，裘伙管也知道了。他说这样恐怕不行，还是得搬回去。易青娥仍是勾着头，用指头戳着两个鼻子眼，拿后脚尖不住地踢着前脚跟，反正咋都不吱声。大家好像也就是说一说，倒都没当真。易青娥就算在灶门口安居下来了。

有了自己的空间，不跟同学们过多接触，她心里还反倒安生下来了。忙过一天，晚上闩了灶门口的那两扇木门，她甚至还偷偷乐了起来。在这么大的县城里，自己竟然也有可以闩上门的安乐窝了。

胡老师和米兰，都没有忘记她们到九岩沟找她时的承诺，说要帮她学戏、学唱。她进厨房后，她们还几次催促，说要开始练功、练唱了。可她一天饭做下来，就想躺下，咋都懒得动了。她们见她累得可怜，也就没再催促。

这下有了自己的空间，她反倒想练一练了。本来她是死了心，当厨师算了的。可自廖师“掌做”后，她的心事，就又慢慢转腾起来，不想做饭了。灶门口可以劈叉，可以下腰，可以练不少动作，并且还可以练表情。没人能看得见，是可以放心大胆去做的。她也不知老戏到底是怎么回事，听裘伙管讲，唱老戏，那才叫过瘾，那才叫唱戏呢。不过，裘伙管也说：要唱老戏，现在演员们这点功夫都不行，上台恐怕连站都站不住呢。那天，苟存忠好像也说：“演员靠的就是两条腿，可现在这些演员，腿都跟棉花条一样，软得立不住，这戏都咋唱哩嘛。”她就偷偷练起腿功了。

她最喜欢扳“朝天蹬”。这是腿功里难度比较大的动作。女生都不喜欢，好多都扳不上去。有的即使扳上去了，也是勾头缩胸，才勉强把一只脚扳到肩膀的。而另一只三吊弯的腿，是咋都立不住的，不是在原地打转圈，就是来回蹦着寻找平衡点。老师要求把一只脚扳过头顶，最少能控制一分钟。可直到现在，女生里也还没有能达到这个要求的。但易青娥行。她把一只脚扳过头顶，能控制五分钟。另一只腿，还跟钉死的木桩一样，始终保持端正，溜直，不晃的姿势。

有一天，她正在灶门口烧火，见三个灶洞的火都旺得呼呼地笑，就兴奋得把一条腿，自己控上了头顶。结果苟存忠来换火种生炉子，一眼看见这条腿，竟然激动得呀了一声，说：“娃，腿是自己上去的？”易青娥急忙把腿放下来了。他说：“踢几下让老师看看。”她还有些不好意思踢。苟存忠执拗，非让踢不可。她就踢了几下。苟存忠甚至都惊呆了，说：“娃呀，你的腿这么好，苟老师咋不知道呢。你愿不愿学武旦，要愿意了，苟老师给你教。保准能教个好武旦出来。”

易青娥知道，苟存忠原来是看大门的。不过最近突然变得爱收拾、爱打扮、爱照镜子起来。时不时地，他还爱跷个兰花指，把剧团人都快笑疯了。他说他想带几个徒弟，团上却没一个情愿的。都把他当笑话说呢。没想到，他把徒弟还收到她这儿来了。易青娥也不说愿意，也不说不愿意。她想着自己就是个烧火做饭的，说愿意，说不愿意，也都无所谓。从礼貌起见，她还是随便点了点头。可没想到，苟存忠还把这事当真了。

二十六

“看门老汉”“苟老汉”“老苟”“嘿，老头儿”突然把烧火娃易青娥收成徒弟了。这可是把一院子人都快笑掉大牙了。连胡老师都问她：“你答应了？”她不知道该说答应了，还是该说没答应，反正自己就是个“火头军”，也没啥人再好丢的了。她就捂住嘴，扑哧笑了一下。胡老师就当她是答应了。胡老师说：“你看你这娃，自己把自己朝黑锅洞里塞呢。那么个脏兮兮的老汉，一天跷个兰花指，故意把嗓门撮得跟鬼捏住了一样。你不嫌丢人，还给他当徒弟呢。让一院子人，都把你当下饭的笑话了。”易青娥还是笑，笑着拿牙啃着自己的手背。她想去找苟存忠，让他别再到处乱说，她是他的徒弟了，可又不敢。好不容易麻着胆子进了门房，苟存忠把兰花指一点，说：“娃还没给老师行拜师磕头礼呢。”她就羞得又拿手挡住了扑哧一笑的脸。她见裘伙管也在里面坐着。古存孝也在里面坐着。连剧场看大门的周存仁也来了。周存仁还说，“现在都不兴这一套了，你还让娃磕啥头呢。”她就吓得退出来了。她退到门口，还听裘伙管问：“你真的觉得这娃是学武旦的料？”只听苟存忠说：“腿好，能下苦，就能学武旦。你们不知都发现没，这娃现在脸是没长开，一撮撮，甚至长得还有点挤眉弄眼的。可一旦长开，脸盘子还是不错的。鼻梁高，咋长都难看不了。不信了，娃到十五六了你们再看，搞不好，还是个碎美人坯子哩。”易青娥就再也不敢听了。回到灶门口，她拿起镜子，还把自己的脸反复照了照，也没看出什么美人的坯子来。鼻梁倒的确是高。她娘还说过，鼻梁太高了不好，看上去蠢得很。说电影里的外国人，看上去就蠢得要命。

苟存忠收她做徒弟的事，廖师知道了，还有些不痛快。那天，宋师又在外边屋打鼾。他就把易青娥叫到里边屋问：“你答应做老苟的徒弟了？”易青娥还是老一套，用手背挡着嘴，也不说答应了，也不说没答应。一只脚还是那样有一下没一下的，踢着另一只脚的脚后跟。廖师就说：“他能做饭？能炒菜？能‘掌做’？他就能瞪个牛蛋一样的眼睛，‘鳖瞅蛋’一样地瞅着那扇烂门。结果啥还都看不见，就是个睁眼瞎嘛。贼把门背跑了，他还不知是拿肩扛、拿背驮走的。都十几年没上过台了，他还能演男旦？我看能演个麻雀蛋，演个蚂蚁搬蛋。可不敢跟他乱晃荡，学一身的瞎瞎毛病。迟早舞弄个兰花指，你还想学切菜炒菜呢，只怕是把指头炒到锅里了，还不知道是咋切掉的呢。咱厨师可都是正经手艺人，还丢不起他那不男不女的阴阳人呢。”易青娥也没说啥，一直就那样站着，自己把自己的脚后跟踢着。到后来，廖师还是给她捏了一撮冰糖，才让她走的。她有些不喜欢廖师的冰糖了。廖师捏冰糖的手，是在捏冰糖前，狠狠抓了几把背颈窝的，还抓得白皮飞飞的。出了门，她就把冰糖扔到猪食桶里，提到猪圈喂给猪吃了。

宁州剧团的老戏终于开排了，首排的是《逼上梁山》。

“说戏”的，就是那四个老艺人。古存孝挑头，拉大的场面。因为大多数人都不知道老戏是啥，路不会走，手不会动，都跟傻子差不多。因此，古存孝把大场面拉完后，其他几个人，都得分头包干细“说戏”。苟存忠说旦角戏。周存仁说武戏。裘存义说文戏和龙套戏。戏里用的人很多，把全团人都调动起来了还不够。最后连宋师、廖师和易青娥，都说要“跑龙套”呢。几个老艺人才两三天，就都把嗓子喊哑了。可戏还都不会走，一走，排练场就笑成了一笼蜂。

易青娥那一阵，烧火做饭都没心思，一有空，就到排练场外的窗户下，踮起脚看。看里边排老戏是咋回事。那阵儿，那个叫古存孝的人，一下就红火得有了势了。都三月天气了，还是要把黄大衣披着。披一会儿，要上场“说戏”时，他就把双肩一筛，让大衣闪在助手的怀里。那时还不兴叫助手，他就叫他“四团儿”“四团儿”的。“四团儿”姓刘，眼睛从来不敢盯戏，是一直盯着古存孝后脊背的。无论黄大衣何时抖下，他的迎接动作，都没失误过。古存孝说完戏，比画完动作，刘四团就会立即把大衣给他披上。刚过一会儿，古存孝又要说戏了，就会又一次把大衣筛下来。刘四团也会再次把大衣稳稳接住。说完戏，刘四团再“押辙”“合卯”地给他披上肩头。易青娥要忙着烧火做饭，一天仅看那么几次，就能见古存孝把大衣披上、筛下十好几回。因此，私下里，有人编派古存孝说：古存孝穿大衣——不图暖和图神气哩。

为排这戏，胡彩香老师跟米兰又闹翻了。戏里女角儿很少，分量最重的，就是一个林冲娘子。说古存孝为讨好黄主任，在定角色时，就一句话：“咋有利于排戏咋安角儿。”他还说：“看起来是排戏，其实也是政治呢。过去戏班子就是这一弄，你得看人家领班长待见谁哩。”气得胡彩香一个劲儿地骂古存孝，说这条老狗，就是个老没德行的东西。林冲娘子的戏，自是要靠苟存忠说了。谁知苟存忠把米兰咋都说不灵醒，关键是身上动弹不了。用苟存忠的话说，米兰光跑圆场，都得再下三年功夫才能用。他说：“米兰不是跑圆场，是蹦圆场哩。旦角跑圆场，要像水上漂一样，上身一点都不能动，只看到脚底下在漂移。并且两只脚还不能出裙子边。要不然，观众看啥哩嘛。那就是看点绝活儿，看点味道嘛。都看到两个大脚片子，啪嗒啪嗒地乱踩踏，那不又成学大寨的铁姑娘队长了。还演的啥子老戏嘛。”苟存忠说着，还真示范了几下：那步子碎的，那胳膊柔的，那兰花指跷的，那腰眼闪的软的，软的闪的，只一声："我把你个贼呀——！"就把站在旁边看戏的人，逗得前仰后合，笑翻一片了。

也有公开骂四个"存字派"老艺人为"四人帮"的。那是郝大锤。这次定的让郝大锤敲戏，结果，跟古存孝只合作了几天，古存孝就要求换人。说不换人，戏就要砸在敲鼓的手上了。自易青娥她舅胡三元走后，剧团还就只剩下一个郝大锤能敲了。再底下的，还连郝大锤都不如。古存孝排戏，开始还给人留点情面，排到后来，就有些六亲不认了。加之他不大知道郝大锤的底细和脾性，见手艺差得实在是马尾穿豆腐——提不上串，就不免把话越说越难听了。谁知郝大锤岂是受那等窝囊气的人，就端直跟他干了起来。闹到最厉害时，甚至直接扑上去，要掌掴古存孝的 × 嘴哩。吓得古存孝直朝刘四团怀里钻，说："你来掴，你来掴，有本事，你来把老汉掴一下试试。"郝大锤还真上去掴了。不是掴一下，而且啪啪，啪啪，啪啪地掴了六下。一边老脸三下。并且还照他肉墩子一样的大屁股，狠狠踹了一脚。嫌他话比屎多。古存孝当下就瘫在地上，几个人都拉不起来了。郝大锤一边朝排练场外面走，还一边骂："你个老皮，见你把个烂大衣一天披来筛去的，我就头晕。你还嫌我呢，排不成了滚你娘的蛋。”戏停排了整整三天。朱继儒出面做工作，让郝大锤做做样子，去给古存孝道个歉。谁知郝大锤撑得硬的，誓死不给谁低头。最后，是朱继儒自己再三再四地出面道歉，并说除了郝大锤，还真没人能敲得了这戏，要他无论如何都得将就着点。最后，团上还给他称了两斤白糖，两斤点心，还有两瓶高脖子西凤酒，古存孝才又进了排练场的。不过从那以后，他的黄大衣的披、筛次数，倒是减了不少。有时下意识地想筛、想抖，可看看郝大锤的脸，动作就停顿在半空里了。

易青娥一直听说，连他们炊事班，都要穿角儿上台呢。她还有些激动，不知穿的啥角儿，用不用腰、腿功。她最近关起门来，可是加紧在练着的。果然，在戏都快要上舞台跟乐队结合的时候，把他们叫去了。宋师和廖师，是穿的打旗旗过场的龙套。廖师自嘲说：“就是‘吆老鸹的’。”他们连脸都不用画，旗旗刚好有一尺多宽，把脸能遮得严严实实的。在人家主角快上场时，他们在侧台，就哦哦哦哦哦地喊叫起来。上场后，一直围着主角在台上转来转去，哦哦哦哦哦声要不断。直到走进下场门，才能哦哦结束。难怪叫“吆老鸹的”，倒是蛮形象。

易青娥个子太矮，人太碎，但也给分了个角儿，叫“逃难过场群众若干人”。她是扮的一个小孙女，由一个老婆婆拉着，既不要腿功，也不要腰功，就是跟着一堆人，朝前跑就是了。戏太长，要演将近四个小时。她的戏，是在靠后边的位置。为了演好这点戏，易青娥在灶门口，还反复练过很多次跑圆场的。结果，第一天晚上对外演出，她在后台等着，发了会儿眯瞪，就失场了。等那老婆婆演完下场后，在一个拐角摇醒她说：“看你这娃，昏头昏脑的，连哪儿上场都不知道，还当演员呢。”当天晚上处理事故，易青娥就榜上有名了。并且“失场”还算是一个重大演出事故。不仅扣了当晚的一角钱演出费，而且还给古存孝老师交了一份检讨。那检讨一共就十几个字，很多年后，易青娥还记得：

古老师：我错了，睡着了，以后再不赶（敢）了，我检讨。

易青娥

这就是一代秦腔名伶的第一次登台演出。别人给她把妆化好了，衣裳也穿好了，但没有上场。她是在后台打瞌睡，把“群众若干人扶老携幼”中的那个叫“幼”的角色的过场戏，给彻底失误了。罚款一毛。并有书面检讨为证。

二十七

易青娥本以为，苟存忠收她做徒弟，也就是图到灶房换火种方便，随便说说而已。可没想到，老汉还认真得不行。见天早上，他都要到灶门口检查她的练功情况。她把火一烧着，就先压腿。压完腿，狠劲踢那么八十到一百下后，又练拿大顶。每到拿大顶时，苟存忠就推门进来了。他一边换火种，一边要把她的腰、腿、脚尖、双臂，到处拍打拍打。让她把屁股吸紧，腰上提劲，腿面子、脚面子朝直里绷。过去，她拿大顶也就十到十五分钟。自苟存忠给她当老师后，就要求必须拿半小时以上了。

有一天，她又在拿大顶。腰部酸困，正晃荡着，苟存忠就进来了。这次他没换火种，是给她拿了一条宽板带进来，要她系上。板带边沿，已经洗得发毛了，明显是有了年代的东西，但还十分紧结、精致。苟存忠说，这是他师父传给他的，是一条真正的丝质板带。板带有小拇指厚，扎在腰上，有一种被夹板箍起来的感觉，但边缘部分又是柔和、贴身的。

苟存忠让她再把大顶拿上去。她就拿上去了。

苟存忠问她感觉怎么样。

她说，感觉腰上挺带劲的。

苟存忠连忙说："这就对了。这就对了。练功只要懂得腰上的力道，就算摸着窍门，逮着要领了。"

这天早上，苟存忠给他讲了好多好多，一切都是从拿大顶开始的。

苟存忠说："人拿大顶时，是呈倒立状的，不仅练双臂的支撑力，更重要的，是练腰上的控制力。只有腰上给劲了，才能支撑得长久。要是腰上稀松着，连上台演戏都是水蛇腰，到处乱晃着。你就是扮个铁姑娘队长，挑个扁担出去，也像是妖婆子赶集——一路风摆柳，难看不死人才怪呢。不是我要说咱们团里这几个演旦的，那也叫旦？旦是啥？旦就是一个戏班子的眼窝哩。画龙点睛你懂不懂？旦就是那个睛。戏班子就靠旦角这盏灯照亮哩。就说胡彩香，还有米兰，都算台柱子了？看看有一个演戏的好腰没有？看看有一条演戏的好腿没有？还别说正经演旦了，就说她们平常上台敲个欢庆锣鼓、扭个秧歌；学大寨修个梯田；演女赤脚医生采个草药；扮女民兵，抓个投机倒把犯啥的，一上场，身子就朝下塌。屁股就朝下坐。两腿就朝下沉。是白长了两张好看的脸蛋了。人家是看戏，看做功哩，又不是光看脸蛋来的。要看脸蛋，国营商店那些售货员，邮电所那些打电报的，银行那些存钱的，长得也不比她们差多少。人家何必要掏一两毛钱，跑到戏园子里来，折腾几个小时，看她们的脸蛋子呢？你看这次米兰演林冲娘子，是不是露怯了？穿上褶子，跑个圆场，撵个林冲，就跟吆牛上山一样，把人看得累的。自己也别扭不是？问题都出在腰上、腿上，就没练下功嘛。听说她和胡彩香为林冲娘子这个角色，还争得牛头不对马嘴的。胡彩香唱得好些，但腰腿比米兰也好不到哪儿去。别看我平常看大门，就随便到排练场、舞台边上扫一眼，就知道她们的半斤八两了。要争，得拿真功夫争，拿真本事争呢。光靠背地里放炮、相互砸刮，顶屁用。你知道我们那时是咋练圆场的？师父让给腿中间夹把扫帚跑，你步子一大，扫帚就掉了。一跑就是大半早上。师父拿根藤条，你扫帚一掉，一藤条；你一慢，一藤条；你腰一拧，一藤条；你屁股一坐，一藤条；你胳膊一摇，一藤条；你脑袋一晃，一藤条。有时一早上跑下来，能挨几十藤条呢。你说为啥我们‘存字派’的，能出那么多吃遍大西北的名角儿，就是师父太厉害了！现在不行了，我们几个都说，就是咱师父在，也教不下成器娃了。都吃不下苦了嘛。一个个能的，比老师还能，你还能教成啥？搞不好，还要挨学生的黑砖哩。老师为啥看上你了，一来觉得娃乖，小小的就活得没别人顺当。娃可怜，但可爱。有些娃看起可怜，也可憎得很，一身的瞎瞎毛病，老师不喜欢。二来觉得你有潜力。就在你们这班学员里，你都是最好的。在女娃娃里面，你是能真正挑起梢子的人。别人没这个眼力，看不来的！眼力那玩意儿是教不会的！那是道行，你还不懂。三是老师看你能吃苦。这是唱戏这行的本钱。不吃苦中苦，哪能人上人哪！娃呀，你把老师这三条记下，要都按老师的要求来了，再把戏唱不出名堂，老师就拿一根绳，吊死在这灶门口了，你信不信？”

苟存忠的这番话，让易青娥很感动，甚至眼里都转起了泪花。那时，易青娥虽然也在练功，也在学戏，但也是很茫然的。不学吧，烧火做饭，不是她喜欢的事。好像也不是长久之计。有时觉得认命算了，有时，又觉得特别不甘心。

尤其是廖师做了大厨后，她是越来越不想在伙房待了。可学戏，到底能学成学不成，心里又没有一点底。连胡老师、米老师唱戏都这么难，她哪里就能把戏学成了呢？没想到，苟存忠，自己找上门来的苟老师，对她竟是这样的认识，这样的高看。这对她是多大的鼓励啊！进剧团快三年了，谁这样肯定过易青娥是学戏的好材料呢？她想哭，她想喊，但没有喊出来。她知道，这是灶房，她只是个烧火丫头，再激动，都得悄声着。别人都看不起苟存忠：过去那就是个“烂看门的”，现在，又是个女里女气的怪老汉，“咋看都不像个正经人”。但他待见易青娥，在一院子人里，就他死死认定：易青娥是块唱戏的好料当！并且敢打赌说：“这娃要是唱不出名堂了，我就寻绳在灶门口上吊了。”易青娥不能不拜倒在这个如此看重自己的人的脚下了。尽管那天早上，苟存忠还穿着一条翠绿的灯笼彩裤，脚上是趿着一双粉红的绣花鞋，鞋头上还飘散着一把红缨子。但她还是慢慢从拿顶状溜下来，扑通一声，跪在苟老师脚下了。她泪流满面地说：

“老师，我想跟你好好学戏。”

“好，娃想好好学就好。”

“我真的能学成吗？”

“你要学不成，老师我真就寻绳上吊了。并且一定就吊死在这灶门口。说到做到。”

苟存忠老师还是那样信誓旦旦地说着。易青娥就哭得一下趴到地上起不来了。多年后，她还记得苟老师说那句话时，脖子上的青筋，是暴得一道一道的。他说过：“唱旦的，不管平常生活还是唱戏，都要讲求个雅观。不敢一说话，脖子上青筋暴多高。”可那天早上，他说那话时，脸上、脖子上凸起来的，都是只有黑头唱戏时，才能暴出的一根根青筋。

易青娥开始进入学戏的“娃疯啦”时期。

“娃疯啦！”是廖师说的。

廖师对苟存忠插手伙房的人事，意见很大。他先是把易青娥叫来谈话，没管用。易青娥起得越来越早，并且插着灶门口的门闩。廖师在门口侧耳一听，里边火烧得呼呼响，人也累得吭吭哧哧的。可一敲门，里边就只剩下火舌舔锅洞的声音了。门一开，易青娥的汗还没擦干。他就问：“一早咋能出这么多的汗？”易青娥不说话，还是爱用手背挡着嘴，说笑不像笑，说哭不像哭的。廖师就很生气。他几次去找苟存忠交涉，毫无作用。并且苟存忠还指教他，要他别鼠目寸光，耽误了娃唱戏的前程。终于，有一天早上，在苟存忠又来指导易青娥练跑圆场时，被廖师堵在了灶门口。两人钉子是钉子、铁是铁地大干了一仗。

“哎哎哎，我说老苟，你的门房，是不是谁都能随便来回蹿的？这是伙房，何况还是灶门口，与火打交道的地方，是革命生产的安全重地。你一大早，穿条绿哇哇的裤子，脚上还趿一双莲花鞋，就朝我们伙房重地乱跑啥呢？要是这里失了火，是你这个老骚旦负责呀，还是我廖耀辉负责呀？”廖师说着，双手朝胸前一抄，把背斜靠在了门上。

苟存忠知道老廖是故意找碴儿的，也毫不示弱，就搭腔说：“失了火，我负责！”

“你负责？你个老骚旦，要是真失了火，你能负起这‘坐法院’的责任？牙还大得很。也不知谁的裤子没扣严，露出这号不公不母、不阴不阳的怪货色来。要是再不识相，可就别怪我廖耀辉不给脸了。”廖师的话越上越硬。

易青娥吓得夹在腿中间跑圆场的扫帚，已经掉在地上了。

苟存忠倒是不慌不忙、不恼不躁地捡起扫帚说：“你廖耀辉也是跟我一样，在这个剧团，当了多年的‘黑板撒

（头）’嘛。好不容易我要回归本行了，你也当大厨管事了，就这样翻脸不认人？我是好心，看这娃有唱戏条件，不促红可惜了。你偏要一把把娃捂到手上，让娃烧一辈子火，做一辈子饭。这不埋没人才吗？”

还没等苟存忠说完，廖师就接上话茬了：“老苟，烧火咋了？唱戏咋了？在三教九流里，你们唱戏的，还排在我们做饭的后边哩。你还瞧不起做饭的，在我廖耀辉眼里，你苟存忠就是个丢人现眼的活妖怪。就是个死了没埋的扫帚星。”

苟存忠一下把扫帚摔在廖师的脚前，气得拿指头直指廖师说：“你骂谁是扫帚星？你骂谁是扫帚星？！”易青娥看见，苟老师的指头，在指出去的一瞬间，是变成林冲娘子怒指高衙内的那个兰花指了。

廖耀辉立即叨着苟存忠的兰花指说：“你看你看，你快看，都来看，这不是活妖怪是啥？快看，指甲上还抹口红了，快看。易青娥，你就把这样的人当师父？都不嫌丢咱灶房人的脸吗！”

易青娥本来想着，苟老师是要大发作一场的。可没想到，他突然把兰花指一收，腰还扭捏了一下，真的很是有点女里女气地说：“不跟你一般见识，不跟你一般见识。廖耀辉，咱们心平气和地说说，让娃学戏有啥不好？又没耽误你的事，你就为啥不让一个好娃，多学一门吃饭的手艺呢？啊，老廖，你说，你说？”

廖耀辉看苟存忠软了，他也就把话放得软和了些：“话既然说到这儿了，我也不瞒你说，这伙房好不容易添个人手，一个连半劳力都算不上的黄毛丫头，你还勾魂鬼样地勾扯着。让娃完全分心走神了。你老了老了，不安生，不要脸，不好好看大门了，咋要勾扯一个好娃，也去干一行不爱一行呢？我才把这个烂摊子接过来，刚刚捋码顺，你就搅和得军心不稳、离心离德的。娃把火烧得好好的，菜择得好好的，猪喂得好好的，看你这一阵乱锣敲的，哎，你都让我咋说你这个老妖婆子嘛？”

“我咋叫敲乱锣了？我都是为娃好，为这个单位好哩嘛。”

“老苟，你想为娃好，剧团还有几十个娃哩，你去好好收徒就是了嘛，为啥偏偏要盯上我的手下，我的徒弟呢？我再老实告诉你一次，易青娥是组织分配来做饭的，不是唱戏的。你苟存忠要死要活，要兴风作浪，要成龙变凤，装母扮旦，那是你的事，我管不着。可在伙房这一亩三分地畔子上，那就是我廖耀辉说了算。易青娥不能学戏。更不能做你的徒弟。今天咱们打开窗子，把话彻底说亮堂了，以后这灶门口，你不能进。要换火种，得经我批准。”说完，廖师还用脚把一扇门，狠狠钩了一下。只听嘭的一声，那扇门合上又反弹了回去，差点没碰了荀存忠的鼻子。

荀存忠摇摇头说：“把他能的，这剧团风脉真格怪，把个做饭的老廖，过去跟地主小老婆胡整的人嘛，还都活成精了。娃，你不管他，你照学你的戏。灶门口不让老师教了，我就在院子里教。不信离了张屠夫，还就吃了浑毛猪了。哼！”

荀老师出门时，也照着廖师的样子，用脚把走扇门狠狠钩了一下，门也碰上又弹回去了。不过，人家廖师，穿的是灯芯绒棉窝窝鞋。荀老师的彩鞋，薄得跟一张纸一样，一钩，不仅钩痛了脚背，而且还把一窝丝的彩鞋缨子，勾连到粗糙的门钉上，一扯，连水红缨子都给扯掉了。

易青娥学戏遇到了很大阻力。尽管荀老师让学，可廖师咋都不让，并且还处处使绊子。易青娥就把这话给胡彩香老师说了。胡老师为这事还去找了廖师，要他高抬贵手，把娃可怜可怜。廖师却咋都不松口，说：“人手紧，一个萝卜一个坑。自娃跟老苟学戏后，一心二用，已经耽误很多事了，我都为娃担待了不少。这松紧带的尺寸再放不得了。我也叹息这娃可怜哩，想抬手，可惜不敢抬了。何况我这双做饭的手，也不是个啥‘贵手’。”他还说：“不是我不让娃学戏。我也是单位上的人，总不能把领导的安排当耳旁风吧？不管咋说，伙房也是一个单位嘛。是单位，就得服从领导分配不是？领导分配易青娥来当炊事员，我咋能放她去跟妖婆子学戏呢？”任廖师再说，胡彩香依然不死心，还是缠着，想让廖师给娃留一点学戏的“门缝缝”。廖师就把话说得深了些，透了些：“你胡彩香都是明白人嘛，咋在这个事情上死不开窍呢？娥儿到灶房来，是人家黄主任安排的。黄主任对胡三元看不惯，才不让他外甥女继续学戏了。我要是答应娃学戏，那不是跟人家黄主任对着干吗？我廖耀辉有几个脑壳，敢跟人家硬碰硬呢？你就是把一团人的胆子借给我，只怕我也不敢得罪了大掌柜的吧？”接着，廖师把话一转：“我还说呢。你是对娥儿最好、最亲的人了，你也得劝一劝，好好个娃嘛，何苦要跟老苟学戏呢？男不男女不女的，跟着这号货，能学出个啥好样子来。再说了，学戏，又比学做饭能强了多少呢？”胡彩香看廖师说得那么实在，就不好再说啥了。其实胡彩香心里，也是不咋待见老苟的。

这事最后还是苟存忠找了米兰，才把廖师摆平的。米兰毕竟跟苟存忠是学过林冲娘子戏路的。苟存忠找她说话，她毫不含糊，就去找廖师说了。廖师是沟子上都长着眼睛的人。他知道米兰的后台，是黄主任的老婆，米兰的意思，搞不好，就可能是黄主任的意思呢。最起码，黄主任也是应该知道这个意思的吧。廖师就放话，让易青娥在烧火、做饭、喂猪以外，也可以适当学学戏，但主业，还应该是炊事员。

不过，廖师对易青娥给老苟当徒弟，心里还是纠结着一个不小的疙瘩。从此后，苟存忠再没敢到灶门口换过火种。就连吃饭，也是尽量回避着廖师的。宁愿自己在炉子上熬点粥，烤点馍，煨个土豆、红苕啥的，也是绝不去灶房，看廖耀辉那张嘴上能挂个夜壶的驴脸的。

二十八

苟存忠给易青娥教的第一折戏，叫《打焦赞》。

这是一折杨家将戏。之所以要教《打焦赞》，苟老师是有一套说辞的。苟老师说：“娃，我想来想去，还是想先给你教《打焦赞》。一来这是个武戏。演员‘破蒙戏’，最好都是武戏，能用上功。不管将来唱文、唱武的，拿武功打底子，都没坏处。武戏特别讲究精气神。演员把武戏的架子撑起来了，即便是将来改唱文戏，都是有一身好‘披挂子’的文功演员。‘披挂子’懂不懂？就是好身架、好衣服架子的意思。身架重要得很，有的演员，在底下看着长得排排场场、大大样样的，上台一动弹，就显出一身贼骨头来。不偷都像贼，那就是‘披挂子’不行了。好演员，必须从武戏‘破蒙’。二来《打焦赞》的杨排风，是个烧火丫头出身。你了解烧火丫头的秉性，容易把握角色……”

还没等苟老师说完，易青娥就说：“我……我不演烧火丫头。”

“为啥？”

“反正……我不演。”

“咋了，还嫌烧火丫头不好听？杨排风可是杨家将戏里顶有名的人物，开始是烧火丫头，后来都上边关，带兵打仗当将军了。关肃霜你知道不？”

易青娥摇摇头。

苟老师说：“看你们还学戏哩，连关肃霜都不知道。关肃霜可是京剧行当的大牌武生。就是演杨排风这个烧火丫头出名的。那个本戏就叫《杨排风》。《打焦赞》只是其中的一折。我先给你教上，等学会了，再把本戏排出来。你只要把这一本戏拿下来，在宁州剧团，一辈子就能吃香的喝辣的了，懂不懂？”

易青娥还是摇着头。

“咋，不学？”

“我要学白娘子。”

易青娥终于把想说的话，一口说出来了。她听人都在议论说，老戏里，女角儿就数白娘子的戏最好。要学，她就要学白娘子。她不想学烧火丫头。自己本来就是个烧火做饭的，学戏，还学个烧火做饭的，那还不如不学呢。

苟老师扑哧笑了：“说你是个瓜娃，你还灵得跟精猴子一样；说你是个灵醒娃，你又瓜得跟毛冬瓜一样。一开始还要学白娘子呢。白娘子是文武兼备的戏，你是能唱，还是能打、能翻、能做功？娃呀，饭得一口口吃，水得一口一口地喝。你唱戏还没‘破蒙’呢，一下哪里就能担起白娘子的角色了。听老师话，慢慢来。只要把《打焦赞》排好了，把

《杨排风》本戏拿下了，那白娘子迟早都是手到擒来的事。去，先跟你周存仁老师学几套‘棍花’，然后我就给你拉场子。”

易青娥也不敢犟，就跟周存仁老师学棍花去了。

周存仁是剧场的门卫。剧场跟剧团院子是连着的，中间有一个便门，迟早锁着。周老师跟她约好，每天固定时间把门打开，放她进去后，又把门锁上了。因此，剧场院子很安静，也很宽展。周老师就在那儿给她教棍花。

易青娥过去不知道，一根棍，还能耍出这么多的花子来。不过，棍也不是平常的棍，而是一种用藤条炮制出来的演出道具。这种藤条，九岩沟里有的是。其实就是一种老刺藤，裁成一米多长，然后拿火煨直，再把几根藤条绑在一个柱子上，时间一长，那藤条也就跟柱子一样直溜了。这种棍，拿在手上，既柔软，又有弹性。周老师用手一捋，棍头就嗖嗖地开成了喇叭花。整条棍，一会儿贴在周老师身上，一会儿又抛到空里，等他在地上翻个跟头后，还能接回来。棍带着他身子转，他身子绕着棍飞旋。多少年后，易青娥都还记得，那真是让她眼花缭乱、目不暇接的一身好棍艺。周老师示范完几套棍花后，已是气喘吁吁了。周老师说：“娃呀，周老师老了，快六十岁的人了，不行了。练了一身好功夫，都叫这十几年耽搁完了。老师也不想把这身武艺带到土里去。可谁要扎实学下来，也不是一件容易的事。你苟老师、裘老师，都说你娃乖，能吃苦，适合学武戏，让我教呢。我也相信他们的感觉。不过，我把丑话说在前头，要学，就好好学，学不出个样样行行，也别在外边说，你是跟周存仁学下的。老汉还丢不起这人。比如这棍花，都在耍哩，连那些‘街皮’‘街溜子’也能耍。可要耍好，耍得‘刀枪不入’‘水泼不进’‘莲花朵朵’‘风车呼呼’，那就有门道在里面了。这得你慢慢悟去。不管咋，关键是要把第一板墙打好、打扎实了。一切都得按规矩、按老师的套路来。学武戏，说有窍道，也有窍道，说没窍道，也没啥窍道。总之一句话，熟能生巧，一通百通。只要你把要领掌握了，那你就是雨后剜荠菜——擎着篮篮拾了。”

易青娥用三个月的业余时间，学了一套上场、下场棍花。当一天清早，苟老师让练给他看时，她在功场呼呼呼地把棍旋动起来，又是滚骨碌毛，又是起大跳，又是飞脚带旋子的。整个藤条，紧缠着身体，不仅一下没掉，而且还真耍出了“水泼不进”的花子。几乎把苟老师都看傻眼了。一套棍花刚走完，苟老师就一迭连声地喊："好好好！好好好！娃呀，老师给你教定了。今天就开始拉场子。就你这几下，团里还没人能配得上戏呢。先把套路拉完，滚熟，然后我出面，请周存仁来给你配焦赞。你周老师演过武生、武丑，也演过二花脸的。《打焦赞》这戏，他闭起眼睛，都能给你'喂'上戏的。"

在易青娥排《打焦赞》的时候，团上也在排戏。学员班也在排。不过再没有排大戏，而是都在排折子戏。用古存孝的话说："这个团所有人，都需要重新'破蒙'。都需要从折子戏开始排起。要不然，排出大戏来，也是硬吆着猴子上杆杆——没露脸，净露猴屁股了。"

易青娥始终在悄悄排着，悄悄练着。廖师还一个劲儿地给她加码，不仅上班抽不出空，而且下班把灶房门都关了，还要安排跟他一起去街上，学人家打芝麻饼、糖酥饼。看人家其他机关都咋喂猪哩。宋师说，喂猪有啥好学的，还看一家又一家的。他还批评宋师不谦虚，说："咱就把猪喂好了？看看人家的猪，一个个喂得肥囊囊的，背上的膘，足有五六寸宽。看看我们的猪，喂得跟孙猴子一样，都快能翻跟头了。还不虚心，还不出去取经。老关起门来充大，能行吗？”那段时间，廖师带他们足足看了好几十家单位的猪。直到有一天，在县上气象站的猪圈里，见到一条三百多斤重的大肥猪，廖师激动得跳进猪圈去用手量猪膘呢，结果让猪把他的指头狠狠咬了一口，还崴了脚脖子。是宋师把一路哼哼唧唧的他背回来，才结束了为期两个多月，对县城各机关食堂饭菜，尤其是养猪经验的全面考察学习。

廖师的脚脖子，很快就肿得跟发面馍一样了。宋师和易青娥先把他弄到医院拍片子。片子出来后，医生说骨头没问题，但软组织伤得比较厉害。那两根被猪咬了的手指头，只是让护士清洗了清洗，用纱布包了包，又开了些药，就让回家休息了。廖师还是被宋师背着，屁股吊拉得老长，易青娥在后边托着。刚弄回家，廖师就痛得喊爹叫娘地哭起来。宋师还安慰说：“廖师，廖师，不哭啊，不哭，痛一会儿就会好些的。我那儿刚称了一斤红糖，是给儿媳妇坐月子准备的，先给你打些糖水抿一抿，岔个心慌。要不要？”

廖师摇了摇头。他给易青娥指了指床头跟前一个锁着的抽屉，易青娥就知道是咋回事了。那里面是放冰糖的地方。廖师一只手在腰里摸了半天，窸窸窣窣地掏出一串钥匙来，从中挑出一把，让易青娥开锁。易青娥就把抽屉打开了。里面放着几个形状不同的铁盒子。廖师哎哎哟哟地说，就外边那个。易青娥打开外面那个方形盒子，里面果然是冰糖。廖师让易青娥给他嘴里撂一点，易青娥就捡了一块小的，放到了廖师嘴里。廖师嘎嘣咬了一下，一股很幸福的感觉，好像就把手指头和脚脖子上的伤痛驱除干净了。廖师礼貌地用嘴角示意，让易青娥给宋师和她自己也捏一点。宋师和易青娥都表示不要。廖师才让易青娥把抽屉锁上，并把钥匙又揣回了腰间。

作为大厨，廖师过去是坐镇指挥。重要环节，都要亲自“掌做”。现在脚手都突然不便利起来，就只能“卧阵指挥”了。不过，他每天都会开个会，把当天的工作总结一下，再把明天的工作安排布置一番。早饭吃啥，下午饭吃啥，菜谱、饭食都由他定好，再由宋师去执行。但他对每一顿饭都不放心。要求易青娥每炒好一个菜，都要立即弄一点送去，等他品尝后，才决定是不是可以出锅、出菜。那些技术含量高的饭菜，比如蒸包子、捏扁食，还有炒肉片、肉末焖茄子之类的，暂时都一律不安排。易青娥知道，这是廖师故意让宋师在职工面前难堪呢。大家最近老说，自廖师当大厨后，伙食就彻底变了样。说明宋光祖本来就不行。这下廖师脚才崴了一个礼拜，伙食就“又回到万恶的旧社会”了。看来老宋也就只配喂猪。不管大家咋反映，宋师还是按廖师的安排，尽量朝好的去做。不过裘伙管倒是看得清楚，偏让宋师炒了一次回锅肉，还蒸了一回包子。气得廖师在房里都想跳起脚来骂，说：“看把回锅肉糟蹋成啥了，回锅肉还能炒得巴了锅了，真是亏了他宋光祖八辈子先人。看看这豆腐包子，馅子炒得没一点味道不说，酵面还没发到位，一个个蒸得青干干的，跟鬼捏了一样。这也能叫包子？上边炸口子，底下漏沟子，那不是包子，是漏勺、是笊篱、是烂屁股猴。”其实，易青娥觉得，无论炒肉片，还是豆腐包子，宋师“掌做”，都掌得挺好的。可廖师就要骂，谁也没办法。

在宋师“掌做”的十几天里，裘伙管不仅安排人来帮灶，而且有时他自己也来搭把手。易青娥就觉得特别轻松，心情好像也特别舒畅。宋师知道她在学戏，就鼓励她说：“娃呀，要学就好好学。这单位做饭，不像人家大饭店的厨师，有前程，能学下好多东西。人家那才是个正经手艺人。像咱们这样的，就是谋生糊口哩。我们年龄大了，吃这碗饭，稳稳当当就挺好。可你还小，还是一张白纸哩，就得想点其他门路。唱戏这碗饭，说好也好，说不好也不好。小时苦，大了争名争利累。不过把戏唱名了，也是不得了的事。你个女娃娃，又没念下书，吃唱戏这碗饭，倒是个路径。你抓紧学你的戏，有些事，我能替你担的，都替你担了。廖师再说，你不管他。他就是那张碎糟糟嘴，一辈子不把嘴架在别人身上说，不唠叨人，就不是廖耀辉了。”

虽然宋师管事的那十几天，给易青娥留了不少学戏的时间，可廖师却有一下没一下地叫她。廖师跟宋师的宿舍，就在厨房隔壁，随便一喊，都能听见。何况廖师每次故意把声音喊得很大，生怕谁不知道，他廖耀辉虽然重伤在床，可还坚持“卧阵指挥”着的。易青娥也有好几次，故意装作没听见喊，到了廖师房里，廖师就不高兴。有几回，他还捎枪带棒地说：“咋，我才受了点伤，几天没拿事，就失势了？连你个使唤丫头都叫不答应了？”易青娥没话，爱说啥让他说去。廖师说完易青娥，又要捏一撮冰糖，朝她嘴里塞。她把嘴闪开了。廖师还说：“哟哟哟，还生气了？嘴还噘得跟大炮辣子一样。碎碎个娃嘛，怕师父说咋的？师父也是心疼娥儿嘛。”易青娥就走了。

后来，廖师又叫，她不得不去。廖师先说宋光祖的菜、饭。说老宋都快活大半辈子的人了，还没半点长进，做饭、炒菜永远都跟猪食一样难吃、难闻。他恨自己的手指头、脚脖子，半月动弹不得，让全团职工都跟着遭罪了。有一天，晚上都十点多了，他突然通知开会。开完会，他还咋都不让她走，又大讲起厨师的刀功来。是宋师在外边拉起了“风箱（打鼾）”，他才从刀功扯到了他的腿，说一条腿好像有些麻木，他让易青娥给捏一捏。

易青娥不想捏，但还是捏了。捏着捏着，就出了事。并且是出了很大的事。

这事，甚至成了易青娥一辈子的伤痛。

二十九

那一天，苟存忠刚好把《打焦赞》的大场子给易青娥拉完。

戏的故事其实很简单，就是杨宗保被大辽国的主帅韩延寿掳走，他父亲杨延昭，派三关大将孟良回天波府搬救兵，谁知搬来了个烧火丫头杨排风。同为三关大将的焦赞，很是瞧“小丫子”不起，就跟孟良打赌，要教训一下这黑丫头片子。结果，被杨排风打得落花流水，满地找牙。焦赞也由此心服口服，甘愿当了烧火丫头的先行官。

烧火丫头的兵器，就是一根烧火棍。在这以前，易青娥已练了好几个月了。苟老师一直强调要有“活儿”。对于烧火丫头杨排风来讲，那“活儿”，就是对那根棍的自如把握。手上越有“活儿”，戏就越好排。苟老师对易青娥的吃苦精神，始终是满意的。他说：“娃的棍技，已经够排戏用了，只是个继续熟练和提高的问题。当练到手上看似有棍，眼中、心中已没棍的时候，棍就算被你彻底拿住了。戏也才能演得有点戏味儿了。你知道啥叫角儿？角儿就是把戏能完全拿捏住的人。要拿捏住戏，你先得分析角色：杨排风，就是个天波府的烧火丫头，跟你一样，懂不懂？连天波府的烧火丫头，武艺都这么高强，那杨家将还了得？意思听明白了没有？”

易青娥似懂非懂地点了点头。

苟老师又说：“杨排风年龄不大。”

“有多大？”易青娥问。

这一问，还把苟老师给问住了。苟老师说：“这是演戏，没必要问得针针到眼眼圆的，你就想着，就你这么大吧。”

“老师，我还没满十五呢，能出征打仗吗？”易青娥偏要打破砂锅问到底。

苟老师就说：“人家甘罗十二岁就拜相哩。古代人，你以为是今天这些没出息的货，快三十岁了，演戏还连圆场都跑不了。杨排风就你这么大，老师就这样定了。你就按这样演，关键是要演活。你就是个碎娃娃，跟他焦赞比武，就要多要碎娃娃的脾气，越调皮捣蛋越好。打他几棍，等他满地找牙的时候，你就放开了手脚，玩你的棍花。玩得咋好看，咋自在，咋玩。关键是人物，你懂不懂人物？烧火的，碎碎的，顽皮的，把一切都不当一回事的。知道不？可武艺最高，随便给他一烧火棍，他就得眼冒金星，丢盔弃甲，懂不懂？当然，焦赞是边关大将，论年龄，给你当叔、当伯，可能当爷都行了。打是打，还得有礼数。一边打，一边赔礼。他不服，再打，打完还赔。娃娃始终要尊重老师，尊重长辈，懂不懂？要学会分析角色呢，懂不懂？”

苟老师一边讲剧情，一边说角色，一边还不停地示范着。易青娥没想到，苟老师尽管快六十岁的人了，腿脚还那么灵便，手还那么活泛，腰还那么柔软的。尤其是学女孩儿家，要起赖来，又是飞眉眼，又是噘嘴，又是使鬼脸的。把她笑得先软瘫了下去。她还有一个不小的发现，发现荀老师的眉毛，最近突然剃掉了不少。过去荀老师看大门时，眉毛像两个死蚕一样，横卧在眉骨上的。最近却一点点在变化。直到今天，完全变成两条窄窄的柳叶了。尤其是把焦赞打到得意处，他眼睛滴溜溜一转，眉毛好像要飘起来一样。可刚飘起来，又塌拉下去了。她知道，那是荀老师脸上的皮肤，已经太松弛的缘故。她没忍住，扑哧一下，笑得一屁股坐在地上了。这次荀老师没客气，拿棍照她的瘦屁股，狠狠抽了两棍，问他笑啥？她捂着嘴不敢说，还笑。荀老师就发脾气了，说："笑老师老了，走得不好看，是吧？就老师这几下，你还得二三十年混哩。并且还得好好混。"吓得她再不敢朝老师脸上细看了。

荀老师对易青娥学戏的感觉，给了九个字：能吃苦，理解差，进戏慢。但他又补了九个字：记得牢，练习勤，戏扎实。总体感觉，还给了三个字：乖、笨、实。他还专门解释了一次，说："乖，娃的确乖，乖得人心疼；笨，娃也的确笨，啥窍道都不会，就剩下闷练了；实，娃特别实诚，没任何渠渠道道的事。啥瞎瞎毛病都没有，就一根筋地实诚。"

荀老师不仅给易青娥排着戏，也给大演员和训练班的学生，同时排着几个折子戏。

大演员的几个旦角，是排的《游龟山》里《藏舟》一折。因为胡彩香和米兰身上都没多少功，没办法排武戏。苟老师说，好在她们悟性好一些，又会唱，就只能排胡凤莲这折戏了。学员班也开了两个旦角折子戏，一个是《游西湖》里的《鬼怨·杀生》，六个旦角同时学习李慧娘。还有一个是《杨门女将》里的《探谷》，也是六个武旦一起学穆桂英。苟老师见学生基础普遍比较差，还不好好学，就老拿易青娥做例子。弄得好多同学一见她，风凉话还说得一坡一地的。楚嘉禾这次学的是李慧娘。用苟老师的话说，《鬼怨·杀生》，就是培养角儿的“硬扎戏”。可楚嘉禾练“吹火”，嫌烤脸、烧眉毛；练在小生腿上、背上站桩，又嫌害怕，还嫌累死人。反正角色分下去都一个多月了，这些基本功，还练得没半点眉眼。苟老师就给楚嘉禾也送了三个字：靓、灵、懒。靓，自是漂亮的意思；灵，就是灵醒、聪明，机巧；懒，不消解释，谁都明白是啥意思了。苟老师老在楚嘉禾跟前说：“学戏，得下易青娥那样的笨功夫哩。易青娥看着笨笨的，但学东西，一旦练下，就长在身上了。而你们呢，是今天教给你，明天又统统都给老师还回来了。要再不好好学，我就懒得教了。”在楚嘉禾她们心里，苟存忠本来就是一个十分滑稽可笑的“门神老爷”。现在，他突然穿了彩裤、彩鞋，扯细了嗓子，还剃出两道柳叶眉来，大家几乎都是公开瞧不起的。那些砸刮他的话，每天都能把功场笑爆几回。他的要求，自然也多成耳旁风了。他要再多提易青娥，也就尤其多了大伙的笑料：“看大门的”给“烧火丫头”排戏——真是瘪锅配瘪锅盖地般配。

苟存忠为这事也不高兴，但又毫无办法。他就只能把更多心思，都用在易青娥身上了。他要拿事实，狠狠教训教训这些狗眼看人低的东西。

那天，易青娥实在累得不行了，但苟老师还是不放手，又给她说了几个眼神和细部动作，让她回去关起门来继续练。易青娥刚提着棍回到宿舍，就听宋师来喊叫，说廖师要开会。她洗了一把脸就去了。

廖师那天，是给头上捆着条毛巾的，说是脑壳有些不舒服。他的脚，已经消肿了，但还涂抹着老中医给弄的黑膏子。两根手指头上结的黑痂，也快蜕完了。猪咬的印子，是红赤赤地露在那里。廖师一边说话，还一边在咧着嘴，把没蜕完的黑痂，一点点朝掉的揭着，撕着。

廖师说：“最近伙房的工作，总体情况不错，但问题还是很多。首先是饭菜质量问题，职工反映很大。不仅反映到我这里了，而且还反映到黄主任老婆那儿去了。我们得引起注意呢。我也许还有三五天，才能下地走路。但我等不住了。明天早上，光祖，你就把我背到灶房去。给我弄把椅子，椅子前边弄个独凳，让我把这只脚端上去，血脉能回流就行。明儿个一天，咱们都改善伙食。早上吃肉臊子捞面。肉臊子里加茄子丁，再加点韭黄。肉和茄子丁，都要切匀净，不要大一疙瘩小一疙瘩的。要上新鲜油泼辣子。要上百货公司买的正经酱油、醋。还要一人发两瓣生蒜。最后，得让每人都能喝上一碗酽酽的面汤。面汤里面要放碱，喝起来香。下午吃大米饭，炒两个菜，烧一个汤。炒一个洋葱胡萝卜片回锅肉，多放点新鲜生姜。再炒一个葱花木耳鸡蛋。鸡蛋少兑点水，炒得干干的，要能团成块，不要稀得筷子都挑不起来。汤，我想了几个来回，还是烧个西红柿汤，上面淋点蛋花，下点虾皮，再飘上‘过江龙’。娥儿还不知道‘过江龙’是啥吧？就是一寸长的葱段。勤学着点，把这些学好了，还不比你跟着老苟，学跷那兰花指强。记着，别把西红柿切得太大，刀功要讲究一点。吃菜、喝汤，旧社会在大户人家那里，就是看个刀功哩。看还有啥，你们还可以说说情况，发发言。”

谁也没说啥，他就像唱独角戏一样，又接着开。

会开完，大概晚上都快十一点了。宋师已经是哈欠连天了，说保证明早把椅子、凳子摆好，背他过去就是了。

易青娥要走，廖师说：“还得帮我到灶房弄点热水，想把脚擦一下。”宋师说：“让娃去休息，我去弄。”可廖师不让，说这活儿只能让娃娃干，咋能劳宋师的大驾呢。易青娥也抢着要去弄，宋师就到外间房躺下了。

易青娥打水回来的时候，宋师已是呼哧打鼾了。

廖师说：“你听听，猪又吆上坡了。”

易青娥这回没有笑，伺候廖师把脚擦完，就想起身走。可廖师一把拉住她，说让把他的腿也擦一下。她又帮着把腿擦了擦。擦完腿，廖师突然说，一条腿有些发麻，想让她帮忙捏一捏。她真不想捏，可还是捏了。捏着捏着，廖师浑身就有些不对了。说话也有些发颤。易青娥捏着他的膝盖处，他却硬拉着她的瘦手，朝自己两条肥腿的交叉处塞。并且裤子都已脱了，两条腿是用毯子包着的。易青娥狠命把手扯了出来，他又一把将易青娥的手死死捏住，拼命朝那个地方塞去。一边塞，他嘴里还一边嗫嚅着：“娥儿娥儿娥儿，我把一盒冰糖都给你，把一盒都给你……”说着，还跟一匹独狼一样，忽地扑起来，把易青娥扳倒在床上了。易青娥就像一条被突然扔在岸上的鲤鱼一样，一个挺身打起来，就要朝出跑。谁知廖耀辉这时脚也不痛了，手也不痛了，头也不痛了，光着屁股就追下了床。易青娥大喊一声：

“宋师宋师！”

宋师的鼾声，就像电线突然短路了一样，噌地卡住壳，一骨碌爬起来，问咋了咋了。他进房一看，廖耀辉正光着屁股朝被窝里钻哩。宋师就知道是咋回事了。他顺手操起一把椅子，端直就朝廖耀辉的光脊背砸了过去。只听廖耀辉大喊一声：

“不敢哪，光祖！”

第二声闷响，就已炸裂在廖耀辉的光屁股上了。

三十

这件事情，很多年后，还在发酵。最终传出来的话是：大名演忆秦娥（那时还叫易青娥），其实在十四岁时，就被一个做饭的糟蹋了。那做饭的，还是一个鼻流鼾水的老汉。

那天晚上的事，易青娥一生都没有忘记。直到很多年后，她还清楚地记得所有细节。

宋师被她叫醒后，操起的那把椅子，是一只仅剩了三条腿管事的道具椅子。缺的那条腿，宋师是用砖头支着的。上面放着洗脸盆。宋师连脸盆都没来得及拿开，就那样把椅子操起来，一盆水，是哗啦啦旋转在了地上。那椅子，端直举过他头顶，还被中间的竹笆门绊了一下，但没有影响力量，只听嘭的一声，就砸在了廖师肉嘟嘟的脊背上。廖师闪躲得快，但光屁股急忙苫不住。宋师又抡起椅子，砸在了他的白屁股上。那屁股白得很是恶心，简直有些瘆人，像是在水里泡了好多天的动物尸体，也大得的确像个柳条笸篮。椅子哗的一下，就在屁股上散架了。这是前几年演《椅子风波》的那把道具椅子。一个“投机倒把犯”，把挣来的钱，全藏在椅子腿和坐板的夹层里了。最后是让心明眼亮的女队长，通过巧妙的“审椅子”，才把坏人人赃俱获，绳之以法的。这个戏，那几年演得太多，好几把椅子都演得缺胳膊少腿了。这把椅子还是宋师在垃圾堆里捡回来的。没想到，最后在这里派上了用场。当散架的木片，飞到易青娥身上时，只听廖耀辉哎哟娘啊一声，好像就咽气了。

易青娥直到这时，才从恐惧中反应过来。她捂住脸，哭着就要朝出跑。宋师把她叫住了：“娃，你先别走。说，廖耀辉都对你做啥了？你不怕，有我给你做主呢。”

易青娥浑身颤抖着，一句话都说不出来。

“说，不要怕，廖耀辉这下是犯了罪了，你知道不？他是要坐监的。搞不好还要挨枪子儿呢，你怕啥？”

还没等宋师说完，廖耀辉就在被窝里答话了：“哎呀宋师啊，光祖呀，你可不敢这样乱说呀！我可是把娃的指甲壳都没动一下呀！不信你问娥儿，我可是冤枉啊……”廖耀辉在被窝里筛起糠来，整个床都哗哗地颤抖着。

“你还冤枉？旧社会跟地主小老婆就没干下好事。新社会了，你还这样作恶。都不怕雷把你劈了。这娃才多大？”

廖耀辉连忙说：“宋师，宋师，光祖，光祖，我真的冤枉啊，我真的没作恶啊！”

“没作恶？没作恶你光着个烂屁股干啥？看你那恶心屁股，比烫了毛的猪还难看。还害娃呢。”

“习惯，习惯哪。我一辈子都是光着屁股睡觉的，你还能不知道。过去……在大地主家……也就是光屁股……惹的祸呀……”

易青娥捂起脸又要走。宋师就吼了廖耀辉一声：“别说你那些恶心事了。老实交代，你对人家娃都干啥了？娃，你等等，这事他得给你一个交代。”宋师把易青娥又挡住了。

“你问娥儿，你问她我做啥了？”

“以后不许你叫娥儿，你不配，老没德行的东西！说，都对娃干啥了？”

“我真的没干啥呀，你问娃，你问娃嘛。娥儿，呸呸呸。娃，青娥，你说，你说嘛。总不能……让我心疼你一场……还给我踏渣哩吧。”廖耀辉慢慢把头从被窝里伸了出来，可怜巴巴地看着易青娥。

易青娥只是低头哭着，不说话。

廖耀辉急着说：“你看你这娃，你说话呀！你不说话，光哭，宋师还以为我干啥了，你说呀……”

易青娥终于说话了：“你……你还没干啥？”

“我干啥了，我干啥了？娃呀，你可不敢血口喷人哪！”

“说，别怕，我给你做主，别怕这个牲口。”宋师还朝易青娥跟前站了站。

易青娥就说：“他……他先拉我的手，乱摸……”

易青娥又哭得说不出话了。

“说，娃，对这号畜生就别客气。”

廖耀辉终于软了些：“摸，我是不该……拉着娃的手……乱摸了。可……可再没干别的啥呀！你都看着的，娃衣裳都是穿得好好的，我真的再没把娃咋呀！青娥，易青娥，师父求你了，你得给师父一个公道啊！”说着，廖耀辉在床上连连磕起头来。

易青娥终于跑出了房。

易青娥没有回宿舍，她端直跑出了剧团院子。她在空落落的街道上，走了很久很久。她不知道这算怎么回事，是不是就是人常说的，被人糟蹋了。在九岩沟，要是说哪个女人被人糟蹋了，那这个女人，可就一辈子都抬不起头来了。在公判她舅的大会上，排在第一辆车上被枪毙的，就是一个又通奸又强奸的犯人。廖耀辉今晚，是通奸还是强奸呢？难道廖耀辉也能判死刑了？她越想越害怕，不知道该回去，还是该彻底走掉。她觉得，自己是又一次面临两难了。

就在她游走到后半夜的时候，宋师出来找她了。宋师已经找了她大半夜了。

宋师说：“娃呀，你老实给我说一句，除了他硬拉你手，到不该摸的地方……乱摸了以外，是不是还干别的啥了？你得给我实话实说，我才好帮你呀！”

“他……他还把我……压到床上……解……解我的练功带……”

“解开了没有？”

易青娥摇摇头说：“没有。我练功带……绑得紧，他还没解开，我……我就喊你了。”

宋师好像突然把一口气顺畅了下去一样，还有些高兴地说：“这就好了，这就好了。娃呀，你这叫不幸中的万幸哪，没让这个畜生糟践了。没让猪拱了。好，好，这就好了。跟那个畜生说的基本一样。”宋师说完，还像对待自己女儿一样，亲昵地摸了摸她的头。

宋师说：“娃，你看这事，我也想了好几个来回，只要没糟践，我觉得还是不要声张的好。廖耀辉这个畜生，本来该去坐牢的，他这叫‘强奸未遂’，也是一项罪名。判他好几年都是可能的。但我反复想，还得从娃你的角度考虑事情。要是把这事声张出去，公安局的人一来一大堆，这问那查的，把廖耀辉倒是抓走了，可你也就活不成人了。也学不成戏了。你懂不懂？我碎女子跟你一模一样大，在我心中，你就是我的闺女哩。我想着，咋都得给我娃留一张脸不是。廖耀辉平常也没少欺负我，我一般都不跟他计较。我的意思是：我们这回都放他一马。以后这个畜生再瞎了，就给他算总伙食账。你看行不？”

易青娥最关心的，还是她到底被廖耀辉糟蹋了没有。

宋师说：“你还是个好娃，浑浑全全的好娃。放心，明天该干啥还干啥。一切都跟昨天、前天一样。”

易青娥相信宋师的话。她觉得，宋师是咋都不会骗自己的。她点了点头，就跟宋师回去了。

第二天早上，她还照样在灶门口烧火。但廖耀辉可大不一样了。本来昨晚开会，他是安排宋师一早要给他搬一把椅子、一个独凳到伙房，然后背他去“坐镇指挥”的。结果，今天一早，就见他拄了一根棍，一瘸一跛的，自己进灶房去了。在经过灶门口的时候，廖耀辉听到火舌响，还把头低了一下，但没敢朝里看。

灶门口与灶房的隔墙上，是有着一个四四方方的小孔的。灶房要火大火小，都是从这里传过话来的。坐在催火的地方，其实灶房里人说啥，都是能听得一清二楚的。这天，易青娥始终没出灶门口。只听灶房里廖耀辉的话，能比平常多出十倍来。他这也要请示，那也要汇报的，连肉臊子里是不是要放点面酱，都要讨教宋师几个来回。下捞面时，为放碱，他也要请示宋师，看是中间放，还是下面时就放。宋师始终没回话，问啥都是拿鼻子哼一下。后来，裘伙管来了，问廖耀辉："你腿还没好，咋就上班了？"只听老廖说："宋师太累了，累得太可怜了，晚上睡到半夜，还在喊叫腰痛哩。我再不来搭把手，把他累垮了咋办呀？"廖耀辉还给裘伙管建议说："还是让宋师当大厨吧，我就做个二厨得了。一来，宋师技术比我过硬。我真不是客气，宋师锅盔比我烙得好些，包子、饺子、糖酥饼，样样都走在我前边。二来嘛，我的脚、手指头，都有了公伤，这腰上，也不咋好使唤了。看这屁股，坐都坐不得了。恐怕也不是一天两天就能好的。走不到人前去，咋能做大厨呢？还是让宋师当大厨，让宋师'掌做'，我给他打下手，是心服口服的。保证把单位伙食搞得美美的，让职工吃得喜眉笑眼的。"裘伙管好像还愣了一会儿，问他："你是真心的？""看裘伙管问的，这还能有假吗？我跟光祖是什么关系？这些年在一起搭伙，比亲兄弟还亲哩，谁大厨，谁'掌做'，还不都是一样的。

从今往后，我绝对服从光祖的指挥。哪里发生矛盾，伙房都会扭成一股绳，团结一心干革命的。你说是不是，光祖？”宋师没有搭话。还是廖耀辉一个人在说：“你就放一百二十个心吧，伙管大人。你们唱老戏不是讲究，一伙人出来，得举着一个人的旗子吗？伙房这一块，从今往后，我们就都举光祖的旗子了。”裘伙管好像是半信半疑的，又随口说了一句：“也好，只要你们团结就好。灶房这事，说小也小，说大也大。伙食搞不好，有时房顶都能让群众掀翻了。”

没过几天，宋师又回家去了一趟。他回来时，廖耀辉就把自己的东西，从里间房挪了出来。并且把宋师的东西，规规整整地都搬到里间房去了。

宋师还说：“何苦呢，住在里间外间，不都是个睡觉。”

廖耀辉说：“哎，那可不一样。大厨那就是伙房的‘角儿’哩！是主角！要指挥，要‘掌做’呢。本来就应该睡在里间的。不仅能休息好些，而且那也是个讲究嘛。我廖耀辉还能不识相，斑鸠占你的凤凰巢吗。”

宋师还骂了一句：“贱骨头！”

三十一

自打那件事出了以后，廖耀辉就再没敢跟易青娥说过话。为了避免尴尬，也为了让易青娥好好学戏，宋师决定：易青娥以后只管烧火。这事也是征得裘伙管同意了的。廖耀辉还鼓掌说，他完全赞成宋师的英明决定，让娃好好学戏去，争取咱伙房将来也出个大名角儿。

易青娥有了时间，戏就进步得更快了。

有一天，苟存忠老师把古存孝、裘存义，全都请到了剧场看门老汉周存仁那里。然后，他让易青娥把他教过的戏，走了一遍，请他们看。几个人一看，都吓了一大跳。

古存孝竟然说："哎呀，不得了，宁州剧团有人了。没想到，一个烧火的娃娃，还是这好个戏坯子。老苟，你立功了！"古存孝还给苟存忠老师扎了大拇指。

周存仁老师说："这娃接受东西慢，但扎实。腰上、腿上、膀子上，都有力道。是个好武旦料。"

苟存忠老师摇摇头说："不信，你们都再朝后看，这娃只要嗓子能出来，就不仅是唱武旦了。表演也活泛着哩。你看看那'一对灯'，棍到哪儿，'灯'到哪儿，就是演几十年戏的人，还有不会‘耍灯’的呢。关键是听老师的话，你说个啥，她就下去练个啥。就说这‘灯’，娃是一边烧火一边练，你看看现在灵便的，是不是出‘活儿’了。”

“灯”，就是眼睛。老艺人把眼睛都叫“灯”。苟存忠老师但凡排练就要强调：演员的表演，全靠“一对灯”哩。“灯”不亮，演员满脸都是黑的。在台上也毫无光彩。“灯”亮了，人的脸盘子就亮了。人物也亮了。戏也就跟着亮了。演员登台，手到哪儿，“灯”到哪儿。脚到哪儿，“灯”照哪儿。你拿的烧火棍，棍头指向哪儿，“灯”也射向哪儿。只有把“灯”、棍、身子融为一体了，戏的劲道才是浑的。观众的“灯”，也才能聚焦到你这个目标上。所谓“角儿”上台，不动都是戏，就指的是“一对灯”放了光芒了。

既然“灯”这么重要，易青娥就按苟老师的指点，躲在灶门口偷偷练了一年多的“灯”。苟老师说：过去老艺人们，是拿着“纸煤子”练。就是用土火纸，卷个细细的筒筒，在黑暗中点着，把那点光亮移向哪里，眼睛就转向哪里。说好多老艺人的眼睛，就是靠这个练出来的。易青娥心实诚，还真到街上门市部里，偷偷买了火纸，关起门，猛练起来。开始不习惯，看着点亮的“纸煤子”，老流眼泪。甚至还害了红眼病。时间一长，练习惯了，镜子里的眼睛，也的确越来越活泛。《打焦赞》里，苟老师就专门安排了一节“耍灯”戏。那是在第二回合，把焦赞打得一败涂地时，杨排风就高兴得跟孩子一样，耍起了那对“灯”：先是呼呼呼地左转八圈；又簌簌簌地右转八圈；再滴答滴答的，左右慢慢移动八下；又滴滴答答地右左移动八下；再然后，扑扑棱棱的，上下快速翻飞八次。那天，四个老艺人看到这里，都情不自禁地鼓了掌。

就连裘伙管都说：“成了，这娃成了。这娃可是我伙房的人才，将来还得给我伙房记头功哩。”

然后，忠、孝、仁、义四个老艺人就商量着，怎么把《打焦赞》先浑全地立起来。现在毕竟只是她一个人在走戏，连焦赞、孟良都还没有呢。听他们的口气，是想把这个戏立好后，先请朱继儒副主任看。再然后，让全团人都看，看看他们老艺人抓戏的本领。尤其是要让那些狗眼看人低的“二道毛”，都睁开大眼瞧瞧，这些“牛鬼蛇神”，是不是“钻出洞来”，只能“兴妖风”“作妖孽”“跳大神”“糊弄鬼”哩。

并且他们当场定下，焦赞由周存仁扮。孟良由裘存义扮。戏由古存孝、苟存忠两个同时排。还约定：排戏过程要低调再低调，把一张王牌死死压住，绝不轻易往出亮。上一次排《逼上梁山》，就是出手急了点，让一些人看了笑话。其实是整个团里基础太差，还反倒说他们几个老家伙没能耐。这次戏，一定要排到咱四个老家伙自己都满意时，再朝出拿。但见出手，就要把一团人都吓个半死。古存孝很严肃地说："吓就彻底吓死，连脚指头都让他动弹不得。吓个半死，留个半身不遂弄啥？"

几个老艺人的话，把易青娥都惹笑了。

苟存忠说："娃呀，我们四个人，可是在你身上押着宝的。你可要给我们争气长脸哪！"

易青娥连连给他们点着头。

这以后，甚至连烧火，都让裘伙管安排了别人。易青娥那段时间，就一门心思圈在剧场里，跟几个老艺人琢磨戏了。老艺人们有时意见也不统一，常常争得脸红脖子粗的。有一回，闹得最厉害时，扮焦赞的周存仁，和扮孟良的裘存义，差点没用各自手中的兵器打起来。最后都说不干了。焦赞把两根鞭一扔。孟良将两把板斧也一扔。都赌咒发誓地说：这辈子要再跟对方配戏，就不是娘生爹养的。周存仁还倔巴得很，让大家都滚出去，说不能在剧场排戏了，要排，都滚回你们剧团院子里排去。弄得古存孝和苟存忠来回撮合，最后是苟老师把大家拉到街上饭馆里，破费了一顿酒水，才把两个人捏合拢的。

大概在四个月后，他们把朱继儒副主任悄悄请到剧场看了一次，还真把朱副主任吓了一跳呢。戏走完，停了半天，他才想起鼓掌来。他起身挨个儿跟人握着手。一个人都握过两三遍了，他还像第一次见面一样，特别热情地握着，摇着，拍着，并且使的劲还很大。易青娥在被他握到第三次时，手背都有点痛的感觉了。

朱副主任说："没想到，没想到，做梦都没想到哇，戏能被你们捏码成这样，细腻、有活儿、好看。十几年都没过过这样的戏瘾了。你们是咋把这个娃给发现了，并且调教、琢磨得这样好。我真是做梦都想不到哇！咱们差点就把这个娃埋没了呀！当初让娃去学做饭，我心里就有些别扭。但没办法，那时我都是泥菩萨过河——自身难保，还能保得了别人不成。要不是有你们这群伯乐，这娃一辈子不就完了？成了，戏成了！娃成了！你们都成了！但这事，我还是得先给黄主任汇报，人家毕竟是一把手啊！尽管让我管些事了，但大事还是人家拿捏、坐点子着的。比如这娃唱戏了，那就是大事，人家不坐点子，我硬要拿捏着朝台上推，那不是麻烦大了吗？不过你们放心，锥子装在布袋里，那尖尖，迟早都是要戳出来，谁也挡不了捂不住的。我尽量朝成的运作，让全团看，并且要尽快看。立个杆杆，树个榜样，也好把积极性都调动起来，让宁州剧团来一次脱胎换骨的业务大提升嘛。再不敢朝下混了，再混，连人家业余戏班子都不如了。我着急呀，急得头上的毛，一抓掉一撮。你们看，你们看，这是不是一胡噜一大把。”说着，朱副主任还真将稀稀荒荒的头发，捋了一把，拿到大家面前看，果然是撸下了好几根来。

大家都等着朱副主任的消息，结果半个月过去了，也还是没动静。他们这边排戏，倒是没停。有一天，还反倒有了不好的消息。裘伙管传话说，黄主任说了，在啥岗位，就做啥岗位的事情。黄主任的原话是这样的：

“易青娥是炊事员，岗位在伙房，就不能到排练场去瞎搅和。就像我的岗位是剧团革委会主任，不能到隔壁五金交电公司，去插人家书记经理的行一样。啥事都得讲下数不是？林彪就是不讲下数，要当主席，最后不摔死在温都尔汗了吗？下数是不能乱破的，要破，也得组织点头了才行。组织没答应，你们几个临时雇来的老艺人，就让一个炊事员改行了，这不成旧戏班子作风了吗？还要让易青娥到炊事班好好上班，干一行爱一行嘛！在革命队伍里，没有工种的贵贱之分，只有思想觉悟的高低之差。你们伙房还得好好开展批评教育，真正让易青娥安心本职工作，放弃那些不切实际的幻想。”

这一棍子，不仅把易青娥打蒙了，而且把四个老艺人也打蒙了。

周存仁说：“赶快散伙，咱整天红汗淌黑汗流着，还惹得猪嫌狗不爱的，图个啥吗。我一天看剧场大门多轻松，几个月演不下一场戏，弄这事是何苦呢？黄土掩齐脖颈的人了，还陪着个娃娃‘打焦赞’哩。不打了，彻底不打了。都回，你们都回。我锁剧场门睡觉啊！”

古存孝说：“你甭急嘛，一说就回回回的，你是猪八戒是不是？动不动就不取经了，要回高老庄哩。遇事咱得找解扣子的办法嘛。咱先问问朱继儒，看他咋说哩。”

古存孝就拉着苟存忠，去找朱继儒了。想问个究竟。

他们回来后说，老朱今天脑壳上勒了个手帕，直喊叫说：“娘娘爷，头咋痛成这样了，就像谁给脑壳中间揳了个地雷进去，砰地给炸 × 了，整个头皮都在发木呢。”古存孝他们进去时，朱继儒也的确是用一个小木槌，正在细细地敲打着太阳穴。房里熬着中药，半院子都能闻见。古存孝他们说了几句如何治头痛的话，然后就转到了正题上。朱继儒绕了半天，最后总算才把事说清楚。他说黄主任不同意这样做，意思跟裘伙管说的差不多，就是要易青娥尽快回灶房去，好好烧火做饭哩。他说黄主任说了，唱戏的团上根本不缺，现在最缺的就是炊事员。不过朱继儒还是那句话：锥处囊中，脱颖而出。他说：“娃现在已经是放在囊中的锥子了，尖尖迟早都是要露出来的。让娃听话，先回灶房去，一边做饭一边等机会。”他还不紧不慢地说：“这个地球是动弹的，不是死的，转一转，就把啥都转得不一样了。娃把火烧了，饭做了，再练练戏，谁也不能说啥吧。正大同志下班后，不是也会对着墙，要甩半个钟头的手，还要学鹤喝水点头，做做运动吗？他能甩手，能学鹤点头，娃就不能要棍？性质是一样的嘛。”

他们就出来了。

周存仁说：“朱继儒这个老滑头，树叶子掉下来，都怕把脑壳砸个洞。说这些倒是屁话。看让黄正大吓的，大半辈子了，都没拉过一截硬的。”

裘伙管说：“人在矮檐下，他能不低头吗？能低头，前些年他就不会跪砖、挨打、靠边站了。”

古存孝说：“行了，不说了不说了。咱还得拿窍打呢。哎，存忠，你不是跟米兰熟吗？又给她排过林冲娘子。让她去跟黄正大的老婆说一下，黄正大还能不抬点手缝缝出来？”

荀存忠老师说：“这药不灵了。人家米兰最近谈对象了，好像是省上物资局的。黄主任老婆出面阻止，都没起作用呢。米兰这阵儿早出晚归的，班都不好好上了。连黄正大的老婆都骂米兰，说经不起糖衣炮弹诱惑，可能要叛逃了。”

一切都没指望了。易青娥只好又回到灶房烧火去了。

很快，剧团下乡，易青娥就跟着炊事班先走了。

三十二

易青娥是跟剧团第一次下乡。两辆大卡车，每辆上面摆三排服装、道具箱子，然后坐四排人。因为要演《逼上梁山》，人就特别多，东西也多。演员和乐队是裁了又裁，东西也是减了再减，可还是摆不下坐不下的。最后总算摆下了，但伙房的东西，却咋都放不上去。

伙房的东西还真不少呢，一早他们几个就朝出搬，摆了一河滩。易青娥一直看着摊子。说要去的地方，穷得要死，连口够十几个人吃饭的大锅都找不见，还别说一去就六七十号人了。因此，团上带了两口大锅。菜刀砧板，瓢盆筛箩，也是一应俱全。细末零碎，都用两个大柳条筐装着。最后，好不容易在一辆车的后边，腾挪出一个地方来，但人挤来挤去的，长擀面杖和两根小擀面棍，还有水瓢、舀菜勺，几次都被挤了出来。易青娥把一个柳条筐护着。廖耀辉护着另一个。宋师和裘伙管，护着两袋面，还有一些洋芋、洋葱、白菜啥的。两口大锅，是用笼布包着。本来由宋师经管，结果廖耀辉硬要拉到他的面前，说宋师护着两袋面，已经够累了。有人看笼布包着的大锅能坐，就把屁股试着朝上挨。廖耀辉一擀面杖过去，那人朝前一折，就跪到人窝里了。惹得一车人哄堂大笑起来。

虽然都在一个卡车上坐着，但人还是分成了三六九等的。两辆大卡车的驾驶室里，一辆坐着敲鼓的郝大锤。郝大锤旁边，坐的是演林冲的男主演。另一辆上，坐着朱继儒副主任，旁边挨着米兰。黄主任没有来，说是县上要开啥子会。平常下乡，一般也都是朱副主任带队的。黄主任要带队，除非是重大政治演出，或者到地区、省上会演，才会在大会上宣布，领队：黄正大。坐在驾驶室的人，自然是要被议论一番的。朱继儒坐，没啥说的，人家是团领导。郝大锤坐，勉强些。照说司鼓也该搞点特殊化，但郝大锤实在敲得不怎么样，并且年龄也不算大，车上还有比他年龄大的人哩。不过坐了也就坐了，谁让人家手中掌握着鼓槌呢。演林冲的坐，大家也没啥意见，年龄大些，且又算得上是硬邦邦的主角。米兰坐，意见就多了。都问业务股长，凭啥？就林冲娘子那点戏，还演得扯的，烂的，臭的，也配坐驾驶室？那充其量也就是个配角嘛。胡彩香老师先不服气。胡老师是被安排在卡车上边坐着的。在易青娥的印象中，胡老师坐的那个地方，就是那次枪毙人时站死刑犯的地方，照说也是个

“显要”位置。胡老师自打上车，就是气呼呼的，说她虽然没有演林冲娘子，可也主演着好几个小戏的，论分量不比谁差，凭啥别人坐了“司机楼”，要她坐上头？有人知道她是跟米兰“扯平子”呢，就说米兰再比不成了，人家找下有钱的主儿了，还在省城物资局呢。说米兰这回下乡都不想来了，还是朱副主任硬做工作才来的。大家就又议论了一番物资局，说天底下再没有比物资局更好的单位了，要啥有啥。连县物资局的人，一个个把自己的婆娘，都收拾得跟省城的女人一样洋货、俏扮了。

车开了。

一眼望过去，演员们都戴着奇形怪状的帽子，围着五颜六色的围巾，是怕太阳把皮肤晒黑了，怕风把脸刮皴了。尤其是车一走一停的，公路上的灰尘，就跟刚放过炮的炮灰一样，一蓬一蓬的。有时能把整个卡车都吞进去。一些人干脆脱下外衣，把整个头都包了起来。易青娥过去没有发现她的同学，竟然都有了这样好的行头。出了门，个个都换掉练功服，穿的、戴的跟大演员们也不差上下了。楚嘉禾甚至穿得比大演员们还好一些，尤其是那顶白帽子，周边还有一圈纱网，戴在头上，不仅好看，太阳晒不着，沙尘飞不进，而且还能看见外面的景色呢。而易青娥仍是那身练功服，头脸没啥遮挡，大灰一蓬，就用双手捂一会儿。尤其让她难堪的是，宋师和廖耀辉两个人，一人给脑壳上搭一条白毛巾。然后戴上帽子，车一动，两片毛巾在两边脸上呼闪着，就像电影《地道战》里那几个偷地雷的日本鬼子。惹得一车人笑了一路，都让快看伙房那几个偷地雷的。她就只好一直背对大家坐着，守着柳条筐，也看着车厢最后边的那道槽子。因为那里边，她还放着一根《打焦赞》的“烧火棍”，她怕车厢缝子宽，把棍给溜下去了。

当卡车开到演出点的时候，她已成一个灰泥人了。只有嘴和眼睛，还湿润润地蠕动着。一路上，她一直都有些晕车，但死忍着。直到从车上跳下去，才哇地吐了一茅草窝。

演员、乐队下完车，就都到小学教室休息去了。而炊事班，还得找地方支锅，支案板。下午四点，大家就要吃饭。五点化妆，晚上还有戏呢。

演出的地方，是一个回民窝子，与两个县都交界着。这里有个集市，连前两年“割尾巴”，也没“割”断过。现在，有人张罗着，要恢复集市，就想到了县剧团，要唱三天大戏，聚人气哩。

在他们来以前，已经有人帮着盘了两口大锅的灶。虽然灶洞湿些，火不好烧，但易青娥还是很快把火烧着了。柴都是长柴，还没剁短，易青娥就开始拿弯刀剁。廖耀辉看她剁得艰难，想帮忙，但易青娥故意用长柴一扫，就把他走近的双腿，扫得退了回去。自那次事后，廖耀辉一直都躲着易青娥，连正眼看都没敢看一下。但这次下乡，他又想给易青娥献点殷勤，明显是有赔罪的意思在里边。可易青娥坚决不给他任何机会。就连在卡车上，廖耀辉见没人注意，偷偷给她递了一方遮头灰的手帕，她也是端直就扔到车底下去了。

不过廖耀辉对宋师的态度，的确是彻底改变了。就在快吃饭的时候，朱副主任来检查伙食准备情况，廖耀辉还在给宋师争取待遇，他说："朱主任哪，我有个意见，不知当提不当提？"

"意见还有啥不能提的。难道我朱继儒，也是让你们迟早都活得害怕的人？"

廖耀辉急忙说："我不是这个意思，不是这个意思。谁不知道朱主任是厚道人哩。我的意思是说，团上以后考虑坐车、休息的地方，也得把伙房考虑一下。就说宋师，在部队都是立过功的人。到了咱们这里，还担任着上百号人吃饭的大厨，要‘掌做’哩。车坐不好，再休息不好，咋当大厨，咋‘掌做’哩吗？演戏固然是大事，那吃饭就不是大事了？饭不吃好，那能把戏唱好？主角、敲鼓的，都跟主任平起平坐了，在‘司机楼’里享福哩，那好歹把我们的宋大厨，也安排到车厢前边坐坐，总是可以的吧？每次都让我们押车尾，车尾巴都快让炊事班坐细、坐折了。你看我们一来，就上灶了，宋师忙得放屁都能砸了脚后跟。别人都住下了，连那些跑龙套的，脸洗了，身子抹了，床铺好了，都下河弄铁丝抽鱼去了。咱们炊事班几个人的铺盖卷子，还跟叫花子一样，扔在那堆烂柴火上。我无所谓，我绝对不是给我争啥哩。你就是让我坐‘司机楼’，我也是不坐的，我知道我的斤两，那就是给人家宋师打下手的。可你们总不能让光祖做了饭，累一天，晚上找几根硬棒棒柴，把铺盖卷子一摊，就休息吧。大厨休息不好，明天咋工作？这几天可是一天要开三顿饭哩。你没见灶房的难场，这里是要啥没啥，搞不好，明后天还得煮我跟宋师的腿杆子吃哩。宋师是想方设法地在调剂呀，那不比唱林冲、唱林冲娘子的轻松啊！主角都照顾哩，这次演出，咱宋师还算不上个主角？恐怕比哪个主角戏都重，都累吧？你主任无论如何，也得给他弄个像样的窝啊！让他好好休息一下，可怜可怜光祖同志吧！我是配角，心甘情愿睡柴火垛子，咱个跑龙套的嘛，也该睡。可光祖同志不能啊，他在我们这里也是主角啊！是我们的林冲啊！都怪我多嘴了，还请主任原谅！我是怕炊事班，保证不了这次艰巨的工作任务啊！”

朱主任认真听完廖耀辉的意见后说：“你说得都对着哩。以后下乡，我坐上边，让光祖坐驾驶室。”

“哎哎哎主任大人，我可不是这个意思呀。你大主任不坐，谁还能朝驾驶楼里坐呀？你一个人坐两个驾驶楼都是应该的。我的意思是说，厨房大厨，也是一种主角哩，好歹安排个好一点的地方，让晚上好好睡一觉，也都是为了革命工作哩。”廖耀辉双手拢在围裙里，一直把朱主任从灶棚里追出来。

朱主任说：“不说了，今晚让宋师跟我搭脚睡。”

“哎不敢不敢。主任，大概你还不知道哩，光祖晚上打鼾，能把房皮掀起来。”廖耀辉急忙说。

“不怕，房皮掀起来了，我明天给人家盖。”说完，朱主任就走了。

廖耀辉给宋师争取这些待遇的时候，宋师一直在烙锅盔。一个小鼓风机，把火鼓得呼呼呼地响，宋师啥都没听见。

晚上演完戏，吃完夜宵，宋师还是在舞台上打了地铺，朱主任咋都把他没叫去。他说他喜欢睡舞台，宽宽展展的。现在又是春夏之交，睡着舒坦。廖耀辉就说："光祖这个人，阶级觉悟和思想觉悟始终都高，没办法。"他也就在舞台一侧，打了个地铺，躺下算了。

宋师要裘伙管把易青娥安排到女生宿舍去住，易青娥咋都不去，说也要在舞台上住。宋师就让她在离自己很近的地方，打了地铺。并且还拉了几口箱子，给娃挡了挡。他看廖耀辉住在离娃很远的地方，才放心地躺下了。快睡着的时候，他还给易青娥交代说："娃，睡警醒些，有事你就泼住命地喊我。"易青娥点了点头。

第二天早上，一大早，易青娥就被一群鸟儿叫醒了。她发现舞台前后都还没有人，烧火又有些早，就拿出棍，到舞台前的平场子里练了起来。谁知不一会儿，就聚拢来好多人。易青娥一动作，旁边就有人鼓掌，喊好。易青娥平常都是在灶门口练，在别人没起床时练，在剧场关起门来练，而在这么多人面前练，还是头一次。人都吆喝个不住，她也没经见过这大的阵仗，就有些人来疯。越是人来疯，武艺就越发地好。练着练着，就聚起了小半场子人。

她没想到的是，剧团来的那六七十号人，就住在小学的两个教室里，而教室的门窗，正对着舞台前的平场子。场子里一吆喝起来，大家不知外面发生了什么事，就都伸出头来看。当发现易青娥竟然是这样的身手，这样的武艺，挥起棍来，简直是如风、如电时，就有人爬起来看了。宋师和廖耀辉先起来看。接着，胡彩香和米兰也来了。然后，又有好多学生爬了起来。再然后，好多大演员也走出了教室。看得大家都有些傻眼：一个不起眼的烧火娃，竟然能玩出这样“枪挑不入”“水泼不进”的棍花，宁州县剧团算是出了奇事了。

关键的关键，是被当地拿事的人看见了，当下就要剧团安排娃的戏，并且就要娃要棍的戏。

朱继儒后来才给人暴露说，他当时是眉头一皱，计上心来，暗自高兴说：

锥子尖总算从布袋里戳出来了。

他当时就让裘存义悄悄把易青娥的《打焦赞》，给人家透了风。地方拿事的，立马就要这折戏了。可几个老艺人没来，戏还是演不成。拿事的当即拍板：进城接人，来回班车票他们全报销。

这样，易青娥的《打焦赞》，就在一个乡村土台子上，把相亮了。

三十三

苟存忠、古存孝和周存仁老师是下午六点到的。三个老汉也是挤在班车的屁股上，到地方一下车，被灰眯得也只能看见一对“灯”和一张嘴了。三个人都不停地呸呸吐着满嘴的沙灰。古存孝还开了一句玩笑说：“把他家的，一路地好招待呀！不过没把咱当唱戏的，是把咱都当成能咥泥土的蚯蚓了。”让易青娥觉得好笑的是，他们三个都跟宋师和廖耀辉一样，用一条手巾，从头顶拉到下巴，捆扎出一张老婆脸来，也活像偷地雷的。周存仁老师背着焦赞的两根鞭。苟存忠老师捎着孟良的那两把板斧。他们都用包袱把“兵器”细心包着。古存孝老师还是带着助手刘四团儿。四团儿年轻，是挤在前边站着的，身上倒没落下多少灰尘。一下车，他就拿毛巾给古存孝老师细细打着灰。

易青娥是跟裘存义老师一起，到村东头临时车站来接他们的。接上了人，裘存义老师说，安排先洗一把脸，然后吃饭，吃了饭早点休息，力争明早把《打焦赞》过一遍。古存孝和苟存忠老师几乎不约而同地说：不行不行。苟老师说："这么大的事，娃从来没上过台，一上去就是主角，咱们还能把娃亮到舞台上？这就跟打扮闺女出嫁一样，咱要把娃打扮得排排场场的，才能朝出送呢。你不能把一个豁豁嘴、烂眼圈子，就当新娘塞出去嘛。"易青娥知道，这些老艺人说话，总是爱打一些稀奇古怪的比方。古存孝老师说："这样吧，都先抹一把老脸，吃了饭，就找个地方，梳洗打扮咱闺女，走。"

几个人看上去，都很兴奋。易青娥心里感到一股暖流，一下把浑身都暖遍了。

晚上，舞台上在演出几个小戏。他们找到一个场子，借了老乡一只马灯，就排起了《打焦赞》。把戏整个过了一遍，几个老师都很满意。但还有很大一个问题没解决，那就是戏还没跟乐队结合过呢。文乐都不怕，戏里一共就八句唱，易青娥是请胡老师一个字一个字、一个音符一个音符反复抠过的。另外就是一个"大开场"，一个收尾的"小唢呐牌子曲”。中间还要吹几次大唢呐，有牌子曲“耍孩儿”，还有“三眼枪”，再就是马叫声。排过了《逼上梁山》，这些问题都不大。关键是武场面太复杂。古存孝老师说：“这是遇见宁州剧团这些无能鼠辈了，要是放到过去的戏班子，只要把戏一排好，敲鼓的看一遍，晚上就请上台演出了。演员手势一到，敲鼓佬就知道要干啥。敲鼓佬明白了，手下也就把铙钹、铰子、小锣都喂上了。可郝大锤这帮吃干饭的，啥都不懂，手上也稀松，还不谦虚。商量都商量不到一块儿。”苟存忠老师说：“要是胡三元在就好了。那家伙手上有活儿，你一点就到。”古存孝老师说：“现在说这话顶球用，关键是眼下，咋把这个坎儿过了。”大家商量着，还是得请朱主任出面，由组织上给郝大锤做工作：晚上戏一毕，就请司鼓看戏，先有个印象。明天再带铜器好好排几遍。正式演出时，由古存孝盯在武场面旁边，随时给郝大锤提醒着，估计戏就能敲个八九不离十。

裘存义老师把朱主任从舞台上请来，古存孝把他们的意思说了。谁知，就连朱主任也是有些怯火郝大锤的，听完半天没反应。古存孝就急了，说：“老朱，团座，团总，朱大人，你总得给个硬话呀！如果跟武场面搅和不到一块儿，这戏就演不成嘛。看你给人家地方上都咋交代呀！”朱主任狠狠把后脑勺拍了一下说：“我咋就没想到这一层，还要让郝大锤敲鼓哩。”古存孝说：“那你的宁州大剧团，就只剩下这一个敲鼓的二球货了嘛，你主任不求他咋的。”朱主任无奈地说：“试试，我试试吧。你们都知道，这个郝大锤，可是团上的一块白火石，只有黄主任才能压得住，别人谁碰烧谁的脸哩。”古存孝说：“戏班子还能没个规矩了。你给他把话上硬些，看他敢不来。真格还没王法了！”

朱主任晚上果然把郝大锤没叫来。听说郝大锤后来还喝醉了，在教室里骂人呢：“老子累成这样，敲完戏，还要提着夜壶去伺候球哩。几个老坟堆里钻出来的牛鬼蛇神，给个烧火做饭的丫头片子，捏码出个烂戏来，还要老子去伺候呢。你都等着，把豆腐打得老老的，把香火烧得旺旺地等着。都疯了，胡三元，一个在押刑事犯嘛，还值得你都这样去舔抹他的外甥女哩。亏你八辈子先人了不是？《打焦赞》，打她妈的个瘪葫芦子……”

实在闹得没办法，戏看来是演不成了。朱主任就让裘存义去给当地拿事的回话，也是希望那个拿事的，能出面再将一军。一来，他也好再给郝大锤做工作；二来，让全团都形成一个阵势，不演《打焦赞》，人家就不给包场费了。事情闹大了，谅他郝大锤也不敢再朝过分的做。这钱，毕竟是大家的血汗钱。

事情最后果然按朱主任的思路走了。第二天吃过早饭，郝大锤就头不是头脸不是脸的，提着鼓槌，骂骂咧咧来了。勉强把戏看了一遍，又跟武场面搞磨了一通，就说“台上见”了。临走临走了，他还给易青娥撂了几句话：“火烧得好好的嘛，咋想起要唱戏了呢？真是跟你那个烂杆舅一样，一辈子瞎折腾哩。都是不见棺材不掉泪是吧？”

易青娥得忍着，他知道郝大锤是恨她舅的。苟存忠老师还专门给她说了一声：“娃呀，唱戏就是这样，除非你红火得跟铁匠炉子里的铁水一样，流到哪里哪里着火，流到哪里哪里化汤，要不然，拉大幕的都给你找别扭哩。”

这天晚上，易青娥的妆，是胡彩香和米兰两个人给化的。苟存忠一直在旁边做着指导。第一次演《逼上梁山》里的“群众若干人”时，妆很简单，每晚都是大演员们流水线作业，一人给脸蛋上涂点红，再把眉眼一抹就成。一个妆大概用了不到十分钟。可这次演杨排风，胡老师给她整整化了两个小时。近看看，远看看，左看看，右看看，还是不满意。米兰老师又拿起眉笔，修补来修补去的。两个人就像绣花一样，直绣到苟存忠老师说："哎呀，把娃都化成画儿了还化！"她们才喊叫其他人来看，问妆化得怎么样？她们同班女同学里，立即就有人尖叫起来："呀，这是易青娥吗？"胡彩香很是得意地说："这不是易青娥是谁。"大家就纷纷议论起来，说没想到，易青娥还这么上妆的。平常看着干瘦干瘦的，就是个黑蛋子嘛，咋化出来还这么漂亮的。易青娥在镜子里看着自己，几乎也认不得自己了，没想到演员能把妆化得这么美丽的：柳叶眉，被拉得长长的；她的眼睛本来就大，再让老师一化，把眼神就更加突出出来了；尤其是嘴，米兰老师画完后，还给轻轻涂了点芝麻油，润泽、鲜亮得就跟早晨才开的太阳花一样红嫩。苟老师直喊："行了，化到这个份上就行了。包头，立马给娃包大头。"

包大头，是旦角化妆最重要的部分。旦角当把脸化好后，才仅仅是完成了化妆的一部分。而更重要的，是把整个头发都要包起来。观众看到的，是做了特别装饰的假头发。包头用的是黑纱网，有一两丈长，拿水闷湿后，在头上可以捆扎好多圈的。米兰早早就把她演林冲娘子的黑纱网子拿了来。纱网不仅要捆扎住演员自己的头发，而且还要扎住十几个提前做好的鬓片，让整个头发密集、整齐、紧结、有形地好看起来。这十几个鬓片，也都是米兰平常用的。通过贴鬓片，改变演员的脸形，让长脸变得短些，让宽脸变得窄些，让瘦脸变得丰满些，让胖脸变得轻盈些。易青娥的脸，有点偏瘦。胡老师跟米老师研究来研究去，最后终于找到了最合适的贴鬓位置。一贴出来，娃的脸，立马就变成了十分饱满的瓜子形。苟存忠直喊叫说："好好好，戏还要娃们扮哩。你看娃扮起来多心疼的。"然后，苟老师就要求胡老师她们，把娃头使劲朝紧的勒。先是用"提眉带"，把眉梢和眼角朝起提，提成"丹凤眼"。米兰说，还是松一点，要不然娃一会儿头就晕了。谁知苟存忠老师凶神恶煞一般冲上来，端直抢过"提眉带"说：

"胡说啥呢？你那林冲娘子演得扯的，就招了没把眉眼提起来的祸。我给你包的大头，你转过身，就偷偷把水纱和'提眉带'都松了。眉眼吊拉下来，哪像个八十万禁军教头的夫人，就像个拉娃过场的宋代妇女。你还给娃也讨这巧呢。我告诉你们，唱旦，第一就要过好包大头的关。头包不好，眉眼提不起来，演文戏一扑塌，演武戏，几个动作脑袋就'开花'了，你信不信？你们演惯了赤脚医生、铁姑娘队长啥的，绑两个羊尾巴唰唰就出去了，还不知旦角是咋唱哩。该好好学点东西了。你们学不学，我也管不了，可绝对不能让好好的娃，再跟着你们学偷懒，学讨巧。你看我咋提眉，你看我咋勒水纱……”

只听易青娥哎哟一声，荀存忠喊道：“咋了？咋了？痛了？不痛还能学成戏。”胡彩香说：“真的勒得太紧了。把娃勒晕了，一会儿咋演哩。”荀存忠还说：“演不成甭演。”并且还在往紧地勒。易青娥就说了声：“不要紧，荀老师，我能行。”但声音明显已经有些发飘了。当荀存忠觉得已经勒得万无一失时，才说：“上泡泡。”“泡泡”就是插在头上、鬓上的各种装饰品，行话叫“头面”，也有叫“头搭”的。有金钏、银珠子，有玛瑙、祖母绿，还有红花、绿叶的。听荀老师讲，过去大牌名演的一副“头面”，能值好几十万呢。现在都是用玻璃制成的，奇形怪状、五颜六色地闪闪发光。但戴在头上，立马就能使演员神采飞扬起来。虽然“烧火丫头”杨排风，头上那些金的、银的、玛瑙、翡翠戴得少些，可依然还是花枝烂漫，凤眼如炬的。易青娥直到很多年后上妆，感觉都再也打扮不出那次的俏丽模样了。

头是真的勒得太紧了，还没到上场的时候，易青娥就在后台吐了两次。胡彩香还给苟存忠求了一回情，看能不能把水纱放松点。苟存忠还是那句话："你要想让娃一上场，大头就开花在舞台上了，那你就松嘛。这是演武戏啊！我们过去都是从这儿过来的，肠肚都能吐出来。可你不能松，一松，上台就完蛋，知道不？"

易青娥撑着，忍着。她觉得有今天的机会太不容易了。她必须撑下来，为苟老师、古老师、周老师、裘老师、胡老师、米老师、宋师、朱主任，还有在很远的地方坐监的舅撑下来。当然，更是为自己撑下来。她已是满十五、进十六岁的人了，娘说她在这个年龄，都被抽去修公路了。她觉得，自己好像还没有啥苦是不能吃的，啥罪是不能受的，虽然头是炸裂着痛，但比起这几年所受过的屈辱，又算得了什么呢。易青娥必须坚持。易青娥今晚绝对不能丢人。

《打焦赞》的"大开场"唢呐吹响了。

苟存忠老师在她身后又嘱咐了一句："娃，稳稳的，就跟平常排练一样，不要觉得底下有人。也就你苟老师一个人在看戏哩。记住：稳扎稳打。你是我见到过的最好武旦！上！"

易青娥就手持“烧火棍”，一边出场，一边嗖的一下，将棍抛出老远。然后她一连串“骨碌毛”，再起一个“飞脚”，几乎是在空中，背身将“烧火棍”稳稳接住了。再然后，她又是一个“大跳”接“卧鱼”；再起一个“五龙绞柱”加“三跌叉”；紧接“大绷子”“刀翻身”“棍缠头”；亮相。底下观众就一迭连声好好好地喊叫起来。

在出场以前，易青娥还觉得头痛欲裂。可一登场，尤其是唢呐一吹，铜器一响，观众一叫好，好像头颅都不存在了一样。剩下的，就是老师教的戏路，就是开打，就是亮相。除此以外，易青娥几乎啥都不知道了。与焦赞的第一个回合下来，苟存忠老师和胡彩香、米兰老师，早已等在下场口了。她一进幕条，苟老师一把将她抱住说：

“好！我娃绝了！好！比平常任何时候排练都好！稳住。尤其是脚下要稳住。武戏就看脚底哩。你脚底很稳当。再稳一些。心要放松，就跟耍一样，耍得越轻松越自在越好。我娃成了！绝对成了！”

胡老师给她喂了几口水。米兰老师给她擦着汗。她看见，古存孝老师正在武场面与郝大锤争着什么。苟老师就把她带向上场口了。苟老师说：“今晚铜器敲得乱的，就跟一头死猪扔在了一堆碎玻璃上。但你得按戏路走。他能跟上了跟，跟不上了，你不要等。谁也没办法，得了癌症，啥方子都救不了的。”

易青娥再一次上场了。由于苟老师不断地给她树立信心，她就越演越轻松，越演越顽皮了。在跟焦赞对戏时，连累得气喘吁吁的周存仁老师，也给她耳语了一句：“好，娃没麻达！再朝轻松的走。”她就越演越自如，越演越来劲了。第一个回合，她特别紧张，还感觉不到武乐队乱搅戏。第二个回合轻松下来，就明显感到，郝大锤的鼓点是不停地在出错。如果照他的套路，戏几乎走不下去。她就按苟老师说的，完全照平常排练的路数朝下演。武场面乱，也就只好让他乱去了。事后有人说，得亏易青娥是新手，只死守着老师教的戏路。要是个老把式，今天反倒会把戏演烂包在舞台上。因为敲鼓佬敲得太离谱了。

戏终于演完了。当易青娥走完最后一套动作，被焦赞、孟良拉着到台前谢幕时，她感到浑身都在哗哗颤抖着。她听到了掌声，听到了叫好声，有些还是来自侧台的同学、老师。可她已经支撑不住了。她感觉头重脚轻，天旋地转得随时都要出溜下去了。刚进后台，果然就栽倒了。胡彩香和米兰一把将她抱住。苟存忠立即给她松了水纱、提眉带。宋师赶快把一碗水递到了她嘴边。她看见，廖耀辉也在一旁执着水壶。她听见，古存孝老师正在跟郝大锤吵架。古老师说：

“领教了！我古存孝这一辈子算是领教了！还有你这好敲鼓的。高，高家庄的高！实在是高！领教了！”

只听郝大锤一脚把大鼓都踢飞了出去：“领教你妈的个 ×，领教了。你个老贼，再批干，小心我把你的屄都给你打出来。滚！”

后来的事，易青娥就不知道了。因为她晕倒后，是几个老师把她抬到服装案子上去的。连她的服装，都是老师和同学一件件脱下来的。头饰，也是好多人帮着拆卸的。就连脸上的妆，也是胡老师用卸妆油，一点点擦下来的。她是被“包大头”给彻底包“死”过去了。在卸妆的时候，她还听苟老师讲：

“旦角最残酷的事，就是‘包大头’了。尤其是武旦，那就是给脑袋上刑罚呢。勒得缺血缺氧，你还得猛翻猛打。过不了这一关，你就别想朝台中间站。”

这天晚上，易青娥感受到了一个主角非凡的苦累，甚至是生命的极端绞痛。但也体味到了一个主角，被人围绕与重视的快慰。这么多人关注着自己，心疼着自己，那种感觉，她还从来没有体味过。她觉得，脑壳即使勒得再痛些，也是值得的。

那天晚上，她第一次听到了领导的表扬。是朱主任说的：

“这娃出来了！我说了吧，只要是好锥子，放到啥布袋里，那尖尖都是要戳出来的！”

名家点评

在《主角》中，一个秦腔艺人近半个世纪的际遇映照着广阔的社会现实，众多鲜明生动的人物会合为声音与命运的戏剧，尽显大时代的鸢飞鱼跃与中华民族自强不息的精神品格。陈彦继承古典叙事传统和现实主义文学传统，立主干而擅铺陈，于大喜大悲、千回百转中显示了他对民间生活、精神和美学的精湛把握。

第十届茅盾文学奖　授奖词

《主角》为当代文学提供了一个不同的世界。写戏曲人物的作品虽所在多有，但无一如《主角》这般深入、丰富、细致、可信。这无疑与陈彦生活积累的丰富密不可分。其与中国传统文化的内在联系，也值得深入探讨。

作家，学者　王蒙

陈彦在《主角》中仿佛把身之所在、心之所系、极目所见的种种普通——即便是台前风光的主角，在幕后、在台下又何尝没有难与人言的苦痛？——一一做诚实的记录，并在深刻的生活开掘基础上，进行了充满人性热度和文化深度的深挚创造。于是，我们在小说里看到了热气蒸腾、繁蔚杂陈的生活物象和苍然而郁勃的内心。《主角》将传统戏曲的伦理意识和道德观念渗透到小说叙述中，延续并实践着现实主义文学的教谕功能；同时，小说又以朴素细腻的写实性笔法，将僵硬机械的教谕转换和再造为艺术和审美的化育。《主角》可谓后革命时代的“寻魂”之作，它以世道人心折射历史与时代的方式，通过描述人物的现实生活和情感境遇，渗透着民间理想和民间道德：普通百姓在日常生活中的乐观主义，对生活困境甚至苦难的体验和承受中，表现出来的正义、乐观和富有仁爱的同情心，以及热烈、开朗、粗朴的精神气质和眼明心亮的心性智慧。小说对秦腔戏曲的化用，收到了举重若轻、画龙点睛的效果。小说中的情感内容及其表现亦因此有着清晰的伦理蕴含和文化指向。

吴义勤

中国作协党组成员、中国作家出版集团党委书记，文学评论家

陈彦的两部长篇小说尤其是《主角》，通过驳杂、丰富、个性鲜明的人物形象，写出一段历史时期（改革开放前后至今），中国西部社会的生活经验和生命体验，写出人性的常道，写出丰富的人情，使文本具有了灿烂的人本意味。陈彦通过曲折婉转的人物命运变化、波澜壮阔的社会生活，写出历史的人文坐标，主要是写出历史的本质，表现了历史的深度，获得历史的美感，又使文本具有了深刻的历史感。

《人民日报》海外版文艺部主任，文学评论家　刘琼

附录

陈彦作品创作大事记年表

1979 年，《范进中举》（试笔之作，改编创作戏剧，未公开发表）。

1980 年，《爆破》（短篇小说），《陕西工人文艺》。

1981 年，《她在他们中间》（九场话剧）。

1982 年，《丑家的头等大事》（七场讽刺喜剧）。

1983 年，《飞逝的流星》（现代戏）。

1984 年，《暴雨过蓝湖》（现代戏）。

1985 年，《沉重的生活进行曲》（现代戏）。

1986 年，《爱情金钱变奏曲》（六场现代戏，又名《霜叶红于二月花》）。

1988 年，《我的故乡并不美》（现代戏）。

1989 年，《走红的歌星》（方言歌剧）。

1990 年，《山乡县令》（和汪效常共同创作，八场古典戏，又名《聂焘》《山乡知县》）。

1992 年，《九岩风》（现代戏）。

1995 年，《留下真情》（现代戏）。

1999 年，《迟开的玫瑰》（七场现代戏），获曹禺戏剧文学奖。

2001 年，《大树小树》（长篇电视剧），获飞天奖。

2002 年，《十里花香》（眉户现代戏）。

2004 年，《必须抵达》（散文集），太白文艺出版社。

2005 年，《西部风景》（眉户现代戏）。

2005 年，《陈彦现代戏剧作选》（戏剧集），陕西人民出版社。

2007 年，《大树西迁》（由《西部风景》改编），获曹禺戏剧文学奖。

2008 年，《陕西省戏剧研究院剧作选》（主编戏剧集），陕西人民出版社。

2011 年，《西京故事》（秦腔现代戏），获曹禺戏剧文学奖。

2012 年，《边走边看》（散文集），上海文化出版社。

2012 年，《坚挺的表达》（散文随笔集），上海文化出版社。

2013 年，《西京故事》（长篇小说），人民文学出版社、太白文艺出版社。

2015 年，《大河村纪事》（舞台剧）。

2015 年，《天使之光》（舞台剧，后改名为《迎接天使》）。

2015 年 10 月，《装台》（长篇小说），作家出版社，获首届吴承恩长篇小说奖，获 2015 年中国好书。

2017 年 4 月，《说秦腔》（散文集），上海文艺出版社。

2018 年 1 月，《主角》（长篇小说），作家出版社，获第三届施耐庵文学奖，第十届茅盾文学奖，获 2018 年中国好书。

2018 年 1 月，《陈彦精品剧作选：西京三部曲》（剧作集），太白文艺出版社。

2018 年 12 月，《秋色满长安》（话剧），发表于《中国作家》（影视版）2018 年 12 期，后改名为《长安第二碗》（与陈梦梵合作），由西安话剧院演出。